U0866034

人民的饮食

The People's Diet

朱学东——著　大风——绘

中国工人出版社

烟火气，才是我们真实的生活

历史上关于饮食的佳句名篇、专门著述，虽不敢说汗牛充栋，也称得上蔚为大观。

它们不仅散落在自《诗经》以降的历朝诗词歌赋和各种笔记中，还有许多专门的著作，比如虞宗的《食珍录》、谢讽的《食经》、韦巨源的《烧尾宴食单》、杨晔的《膳夫经》等。

不过，除了一些诗词歌赋和笔记中关于饮食的内容我有所涉猎外，所列古代这些专门的饮食著作我都没读过。倒是清人李渔《闲情偶寄》中的“饮馔部”和袁枚的《随园食单》，我常翻常有新感觉。

甚至，我会因为读到一句关于饮食的话，却无法寻找到答案而纠结多年。比如我偶然在无锡钱泳的《履园丛话·艺能·治庖》中看到他写河豚之鲜美：“腹中肠尤为美味，不可去之，此为善食刀鱼者。或以肠为秽污之物，辄弃去，余则曰：‘是未读《说文》者也。’案，《说文·鱼部》：‘鮆，饮而不食，刀鱼也。’此鱼既不食，秽从何来耶？故曰：‘人莫不饮食也，鲜能知味也。’”

我对钱泳所述鱼肠能吃的理由并不认可，但以钱泳多年在毕沅幕中之见识，肯定吃过刀鱼鱼肠，才会有此说。但我从未吃过，所以过去每到扬中、靖江、江阴、张家港、无锡及常州诸地吃河豚刀鱼，都会向店家请教刀鱼鱼肠问题，无人能给予答案。直到 2019 年冬天我在故乡偶然吃到一条没收拾干净的刀鱼，腹中留有一寸多长的鱼肠，我毫不犹豫地吃了，终于可以引钱泳为刀鱼知己，从此块垒永释。

今人写美食的著作，我也喜欢翻翻。比如梁实秋、汪曾祺、唐鲁孙、逯耀东、蔡澜等前辈关于美食的写作，曾经的出版业大佬詹宏志和他夫人王宣一的作品，以及我的朋友陈晓卿、王小丫的文字。

我从这些作品中，不仅读到了文字的美，更有纸上跨越千山万水而来的迷人味道，以及世间万象。这是文字的力量，我也学到了许多。

我习惯于随手记录下自己生活的感受，包括对菜肴的感受，并与有同好的朋友们一起分享。这是这些文章的由来。

我写下的，其实都算不上美食，多是家常菜、路边店，以及自家厨房里的生活。更靠谱的说法，其实应该是自己讨生活的记忆，从幼时难得一尝的记忆，到如今可以无度地大快朵颐。个人口味，依然属于庶民的生活，普通人的日常。

烟火气，才是我们脚踏实地的生活，真实的生活。

虽然无论是厨艺还是文字，我虽亦步亦趋，终也追赶不上汪王诸贤，却愿意谬托知己，附骥于后。无他，在他们关于美食的文字中，有一种我亲近的情感，一种单相思般的认亲冲动——除了有所写美食的地缘和文化的亲近

（汪曾祺老是里下河地区人，他笔下的许多风物人情，我读来很亲切；而王宣一则是杭州人；小丫当年写的美食文字，我曾是编辑），更有我们都是一类人，都有对饮食的朴素之爱，对朴素的饮食之爱。虽然王宣一、王小丫作为女士，对菜肴的态度和做法的认真精致，并非我能学。

与前述古人或今人大多曾拥有过良好的物质生活条件不同，在我出生和成长的家庭里，纵然长辈们竭尽心力，也只能勉强维持我们的温饱。以至于在后来的岁月里，尽管理性告诉我，不会再像从前一般困苦生活，我依然跟我母亲一样，对于饥饿有着不自觉的恐惧和警惕，对食物有着猎狗般的敏锐。

我后来写了不少与食物相关的文章，尤其是关于江南故乡的食物，引得了众多朋友的喜欢，承他们谬赞，我也被称作“美食家”了。

我当然喜欢美食。但即使如前面提到的刀鱼河豚，我也更多是把它们当作社交美食。我真正喜欢的，本质上都是能够填饱肚子的东西，都是家常口味的东西——原材料随手可得、价格低廉，归根到底是大众化、平民化的。我喜欢的这些，一点不像美食家那般精致讲究，我也没有能力与资格对食材烹调手法有过多的讲究。

人生登过高山越过大海后，回忆我最喜欢的食物，无非就是猪肉，那是童年最美好的记忆；我喜欢的那些食物，比如猪牛羊鱼鸡鸭的内脏等，在许多人眼中，根本属于不健康的“黑暗食材”，而我却“沉湎”其中，因为这也是难得的童年美好记忆，也曾是价格相对低廉的食物。要知道，我到北京的早期，北京卖鱼摊上鱼杂是可以随便索要的，断不像今天似的登了华堂。

我哪里算什么美食家哦。我只是一个被饥饿恐惧劫持了一生的人。我喜欢吃喝，或许是小时候困顿的缘故。

又有哪个美食家，每次吃江南的菜馅馄饨、萝卜丝肉馅团子、咸骨头菜粥，都吃得肚圆腰粗的？

又有哪个美食家，每次吃川渝火锅，都喜欢不断添加各种下水，到最后吃撑得恨不得用刀把肚子剖开？

又有哪个美食家会喜欢牛蛙那种丑陋的食物，一锅接一锅地吃？

当然，更不用说哪有美食家不喜欢米其林而愿意在街角路边的苍蝇馆、大排档怡然自得的？

所以，当别人夸赞我是美食家时，我总要忙不迭点头哈腰补充：路边的，路边的……

用我老家的话来说，“路边哪有美食家哦，只有饿煞鬼”。

一语中的。

对食物菜肴朴素的热爱和深情，浸透了我写所谓美食的所有篇章，包括批评。只关自己口味，不容他人置喙。

本书全部篇章分为三个部分——我原本想未来分别做成三本书：

一本为《人民的饮食》，记录我吃过的路边小店，多以个人喜欢为标准，在这本书里构成“人间烟火”。

一本为《江南的味道》，这部分内容其实我写过许多。但我一遍遍写，有些重复的题材，每次写都有新感受。2020 年上半年宅在江南乡下时，我又写下了“乡居食记”系列，这在本书里构成了“江南的味道”。

美食地图

北京
羊市口炒肝
生生记包子铺
生生记
平娃三宝
烧烤
面食
百年卤煮
山西永和
槐花宴
甘肃平凉
静宁暖锅
祥盛羊肉泡馍
山东临沂
糁馆
临沂糁馆
江苏宿迁
东街面馆
靖江
黄狗猪头肉

四川成都
樱园
贵州大方
豆干火锅
湖南长沙
津市牛肉粉
广西柳州
螺蛳粉
姐妹美食馆
烫粉
余记
安徽滁州
来安全鸭宴
池州
黄公庐小石鳜
常州
宜兴
醉香阁家常菜
卤菜店
上海
木桶羊肉
张泽木桶羊肉
浙江绍兴
河埠头

另一本为《朱学东的四季食单》，写自己动手能做的食物，按时令节气菜品上市而写，主要写自己怎么做，类似于自己的菜谱。不过这一部分其实写得最少，在这本书里变成了“男人的厨房”。

感谢中国工人出版社编辑董虹博士的青眼。她的督促，让我有时不我待的感觉，也觉得未来做成三本书的雄心过于迂阔遥远，“不如怜取眼前书”，于是汇编结集成了目前这本《人民的饮食》。

“看这本稿子对我简直是一种折磨。每天都是晚上看稿，看着看着就想吃东西……今天竟然越看越想吃结果就来餐馆了！”“我担心做完这本书人又胖了！”

因为我写文章不讲章法，过于随心所欲，常常对自己的文字不太自信。我曾怯生生地问过编辑够不够出版标准，她像上面那样回答我。

好吧，我心里一块石头落地了。

目 录

人间烟火

江南的味道

男人的厨房

人间烟火

我爱路边小馆子

很多年前，当时的北京路边还有烤串摊，一位事业成功的兄弟请我们在大饭店吃豪华大餐。甫从饭店出来，我们几个人就找了个路边烤串摊，就着啤酒吃起了烤串，说没吃饱。把请客的兄弟气得够呛。

这不是编排的段子，而是真实发生的场景。我在高堂大屋吃过饭，路边苍蝇馆喝过酒，但是，这一路走过，我最喜欢的就是路边小馆，按照四川人的说法，叫苍蝇馆。

过去在职场，除了商务应酬外，我可能会在大一些的饭馆请客。在京或出差，朋友请客，我也总是提醒，家常菜。哪有家常菜？路边小店。但凡我在京请旧部会饮，他们都知道：朱老师请客，簋街啦。簋街那些苍蝇馆曾是我的爱，虽然环境一般，味道重，价格也便宜，但这很重要，因为我觉得适合我的身份。离开职场后，我更喜欢去路边小店吃饭，我还把自己社交媒体的称呼改成了“路边美食达人”，可见我对路边小馆子的心仪。

每到一处，我都会找到朋友或者所住宾馆的保安服务员，打问他们喜欢去的小店，尤其是喜欢去那些开在居民区附近的小馆子。我知道，路边小馆的餐桌自然没有高堂大屋安全卫生。但是，只有在这喧闹的路边店，我这样的人可以坦然而有尊严地就餐，不紧张胆怯。

这些小馆子的食材来自最普通的集市，几乎可以肯定是最便宜的，烹调手法、调料也都是最普通的。后厨的水平，大多未必比我的母亲、弟弟厨艺高，所以才是家常菜。家常菜才是庶民的生活，跟我成长的底色有转折亲关系。

“是这些无名英雄在求生存的同时，延续着饮食文化的香火。”

张北海在为王宣一《家宴与国宴》写的序中，这样提到惨痛艰苦的1974年，在北京吃到发黑的面做的烙饼，咬起来有点牙碜，味道仍然地道。他对创意菜的轻蔑，虽然都只是寥寥数语，却大对我心。我知道在那烟火气中，是顽强的生存意志，延续着真正的属于我们的生活的香火。

我喜欢去小馆子，小馆子里通常比较喧闹，喧闹才是中国式餐饮的标配。我既可以在小馆子里和同伴撸起袖子放肆漫谈触面会饮，不必衣冠楚楚戴着面具吃个饭都要隔着几米远，生怕沾染别人身上的味道；我也可以在小馆子一人安静独酌，看烟雾腾腾，耳听飘过的各种世相故事商业传奇。这种烟火气，在高堂大屋是不可能存在的。但这种生活，有人气的生活，不就是我们这种普通人所能拥有的么？

不仅是我喜欢去小馆子，大人物也有喜欢去小馆子的。比如，我喜欢的捷克作家赫拉巴尔就喜欢去小馆子。克林顿当美国总统时访问捷克，希望能拜访他的文学偶像赫拉巴尔。当时的捷克总统哈维尔说，他（赫拉巴尔）一定在布拉格的金虎酒馆，因为那是赫拉巴尔最喜欢待的地方。哈维尔带着克林顿找到这家酒馆时，赫拉巴尔正在那里跟朋友们畅饮啤酒。

“世界上有这么多的城镇，城镇中有那么多的酒馆，她却偏偏走进了我的酒馆。”艾普蕊，那位背着5公斤重的捷英字典闯入金虎酒馆寻访喜欢流连于此的赫拉巴尔的年轻美国女大学生，从此闯入了赫拉巴尔的精神生活。丧偶高龄的赫拉巴尔，重新焕发了创作热情，写下了《绝对恐惧：致杜卞卡》（杜卞卡在捷克语中与英文艾普蕊同义，皆为四月）。

赫拉巴尔写的全都是捷克的小人物，小酒馆才是小人物喜欢去的地方。

我因此给自己热爱小酒馆和改网名为“路边美食达人”找了一个最堂皇的理由：哈谢克和赫拉巴尔也把大量时间消耗在了烟雾缭绕的小酒馆。赫拉巴尔在《何谓小酒馆》里说，小酒馆是“消除偏见的场所”，它“带着回荡的孤独，是一个人拥有最美梦想的地方”，在这里，“每个客人通过交谈，成为他往昔的自己，或是他情愿成为的自己”。

我并不期待在小酒馆遇见中国的赫拉巴尔，我也并不期待在小酒馆里写下如赫拉巴尔笔下的那些永世流传的篇章，但是，我就是喜欢路边小酒馆。无论群聚还是独酌。我爱路边小酒馆，我喜欢小酒馆里的众生相，也爱在这里喝酒听故事吹牛皮。

我随手记录下了那些我喜欢的小酒馆的味道，还有人生。

平娃三宝，曾经的深夜食堂

前些日子过广渠门内，意外发现原来路北的平娃三宝已经关门歇业了。

我真的很意外。

要知道，在那家店所在的楼外墙大装修的时候，这家烧烤店在午夜都没有关门歇业啊。

我不知道是什么原因让这家店关门了。有朋友说是经营不善，亏损。但我的印象中，它的生意一直很不错啊。

我第一次到平娃三宝，是我的大学同学赵冰林兄带去的。他当时从广州返京，特意选了这家店。店面装修还不错，是原木风格，采光也不错，但就餐环境一般，需要自己到服务柜台点菜，然后在位子上等着叫号去取。当时是晚餐时间，另一位同学带了美酒过来，还有一位住在附近的大学女同学，我们“四宝”聚在平娃三宝喝酒聊天。

其时正是晚饭档，人很多，有着一般烧烤店的嘈杂喧嚣。我们吃着凉菜、烧烤和小海鲜，喝着白酒，聊着别后往事，非常高兴。那一次，我喝得有些多。一顿下来，我便把这家店列入了“人民的饮食”类，无非就是看就餐环境、菜色质量和价格而已。

我当时并不知道，这家店午夜也开着。

我开始参与新京报值夜班时，跟着副总编王悦走了一遍报社夜班流程。我说夜班结束了请大家吃宵夜，算拜师酒。

记得当时跟着王悦值完夜班，已经快凌晨 2 点了，记不得是谁的提议了，我们一起去了平娃三宝。这是我第一次知道平娃三宝不打烊，算得上是新京报夜班同事的深夜食堂。

是晚，夜深人已静，偌大的店堂里，也就两三桌，都是夜猫子。我们四五个人，就在平娃三宝，吃着烧烤、凉菜、小海鲜，喝着啤酒，一直聊到早上 4 点半才下楼回家。此时，东方已经白了，大街上依然行人稀少，只有环卫工人和出租车来往穿行。

这宵夜一开头，后面就刹不住车了。后来夜班签片时，我经常在夜班结束后和评论部主编老于及评论部的同事一起去平娃三宝喝啤酒聊天，菜永远只点那几道。即使是在楼房外面大装修，餐馆不能开门，只能从边上的简易铁梯爬上去、从侧面小门进去时，老于还是带着我去那里宵夜，虽然脚手架挡住了许多外面的风景。有许多个夜班后的凌晨，我把美妙的时光留在了我们的这家“深夜食堂”。

有几位同事都给我推荐肉夹馍凉皮，但我一直没吃过这家的肉夹馍，因为我的门牙是活动的，不太方便撕咬。而凉皮，我每次值班的周六中午去

▲平娃三宝　深食食堂

时都会点一份。

我一直很好奇，为什么这家陕西风味的烧烤店，炒小海鲜竟也不错。陕西离着海边可不是一般的远。我自忖大概是烧烤店的标配吧，就像中国各地的旅游景点，卖的纪念品都是一样的。

我其实不是很喜欢吃小海鲜，除了生吃。但对平娃三宝这家陕西风味馆子的小海鲜倒从没排斥过，尤其是它的辣炒蛏子。

我家姑娘喜欢小海鲜，但我对那些有小海鲜的地方不熟悉，只能路径依赖，带她去广渠门内的平娃三宝。想想，带喜欢吃小海鲜的姑娘去一家陕西人开的烧烤店吃，这个父亲有多不靠谱。不过，我给的理由是交通便利，地铁方便啊。

我和姑娘去，她吃小海鲜，我吃烧烤，加凉皮，每次都如此。姑娘很喜欢，周末想吃小海鲜时，就提要求让我带她去吃。所以，平娃三宝除了是我夜班时的深夜食堂，后来也成了周末带姑娘出去吃饭的地方。靠着玻璃窗，在阳光下，跟姑娘一边吃饭一边聊天，这对平时没有时间陪女儿的父亲而言，是个享受。

离开幸福大街后，我活动的范围也渐渐转移了。我再也没有去过这家曾经的“深夜食堂”。偶尔，我会怀念那儿的烤肉筋、烤羊腰和凉皮，怀念和同事们凌晨在那里欢宴买醉畅谈的场景。

不久前因故经过广渠门内，发现大楼已经整修完毕，而这家曾经火爆的烧烤店，我们的“深夜食堂”，竟然关张了。

城市整治、资本压力、经营环境、同业竞争、人力、房租以及原材料等各种成本激增，可能都会成为压垮一家普通人喜欢的小吃店的“稻草”。在一个时时处处追求看上去高大上的时代，适合我们普通人口味的吃食店，会逐渐越来越少。这恐怕是一个无法阻挡的趋势。

只有一声叹息。

屋顶上的樱园

“屋顶上的樱园”。在成都，收到宁远的微信时，我皱了下眉头。

望文生义，我直觉今天吃午饭的地方，当是不中不洋的茶餐厅之类。不过，我很快释然。我对宁远有着充分的信任，她一定会把她认为美好的东西介绍给我，饮食也是这样。

车到东玉龙街，一条略显沧桑的狭窄的马路边上，樱园的招牌指示，就立在一个院子的门房屋顶，设计一点也不时尚洋气，而樱园，就在边上一座略显陈旧的三楼半。

宁远还没有到。我将信将疑地坐电梯到三楼，瘸着腿爬了半层，哦，别有洞天。与大楼外墙以及电梯的观感完全不同，里边是非常干净的房子，摆着几张桌子，一溜书架贴墙。转身，屋外就是楼顶，绿植盎然，摆着各种大小餐桌，有若干人在走动拍照。

我推门，去楼顶。

“哇哦”，我暗地里一声惊叹。一条上面用玻璃围护着的甬道，在绿植的藤蔓中，两侧挂着长长的香肠和腊肉，看着十分诱人。屋顶靠近房子一侧，也是满满地挂着一架子的香肠。对我这样的老饕而言，这样的场景实在是太具诱惑，哈喇子都要流下来，只好赶紧躲开。不过我心里却笃定了，就凭这些香肠，腊肉明艳的色泽，宁远的推荐肯定不会错。

脱下外衣，找张临水的桌子坐下，服务员给我倒了杯茶，读书。边上是喝茶聊天的人。昨日成都还是雾霭蔽天，今天却阳光灿烂。或许老天也知道宁远要在屋顶请吃饭，眷顾我们吧。

沐着难得的冬日暖阳，周边是绿植、流水，还有鲜花，当然还有甬道上的香肠腊肉，你想不放松都不行。成都，就是以这样一种氛围，让勤奋如我者，顿生慵懒懈怠之意，尽失斗志，只想享受。用宁远的话来说，就是要把时间浪费在美好的事物上。

宁远本来订了房间，但我们认为，这个天气，放着如此温暖的阳光不享受，有些暴殄天物，最后大家决定就在室外的屋顶上吃饭。在说话之余，宁远直接把菜给报了，这里她来的比较多，她说，是她们一起在明月村的朋友开的。

老板熊英是一位资深美女，话不多。宁远介绍说曾在政府机关工作过，后来离职自立，这屋顶上的樱园，就是她们姐妹开的——后来老板的妹妹也来了，原来是位前同行——川报出来的，一听宁远介绍，就说，朱学东，我知道你。

午餐是宁远发起的，参加的都是宁远的朋友，只有我一位男宾，倍感

▲屋顶上的樱园

荣幸。

菜上来了。香肠，腊肉——腊肉尤其好，熊燕说，腊肉先煮，然后切片，蒸热，上桌。这是通常程序。

尽管有人觉得肥肉有些多，但猪肉，我就爱肥的啊，尤其是腊肉，如果不带肥，那不就柴了？下酒最好，可惜都是女性，喝的是熊英自己用猕猴桃和松针自酿的酒，虽然带着清香，但终究像饮料，而这大片的腊肉，最适合配烈酒。即便没有烈酒，我还是忍不住吃了好几块。

豆瓣鱼和辣椒炒牛蛙，我也非常喜欢。

我喜欢吃牛蛙，在北京时，簋街的牛蛙锅，馋嘴蛙，湘菜馆子里的牛蛙田鸡，我都喜欢。但樱园吃到的辣椒炒带皮牛蛙，味道是我目前吃到的所有炒牛蛙田鸡最好的，咸淡适中，下酒配饭，都非常好。尽管需要在红绿的辣椒中去翻扒——当然，那辣椒也能下饭下酒。熊英说，这牛蛙是现杀的。“我们的菜都是新鲜现做的，食材很讲究，曾经有一个厨师，上午杀了鱼晚上烧，发现后就被解聘了。”

至于豆瓣鱼，熊燕说烧鱼的豆瓣都是自己做的，鱼用的是黔鱼，刺少肉鲜，香嫩可口。宁远和几位朋友都跟我推荐，豆瓣鱼的酱，蘸馒头尤好。其实，我想可能拌白米饭会更好。我喜欢拌饭。

最后，熊燕又让加了两碟自己请人专为樱园做的豆瓣酱和腐乳，用来抹馒头极好，几个小朋友特别喜欢，后来干脆将腐乳端走了。

那天正好是冬至，按照成都人的习惯，要吃羊肉汤。宁远头天就预订了。一大锅羊肉汤，是用麻羊炖的，宿醉之后，最是妥帖。我喝了好几碗羊汤，满头大汗，我笑说晚上又可以喝大酒了……

宁远点的菜非常丰盛，我只是择其中几道简单介绍。食材讲究，咸淡适中，香辣适中，当是樱园菜肴的底色。嗯，以后来成都，可以来这个地方喝茶喝酒聊天了。

饭后接着沐浴着阳光继续聊天，特别不想走。道别时，也喜欢烈酒的熊英跟我约酒，朱老师，下回你来成都，我请你喝烈酒啊。

一定，一定。

我后来才知道，我不少朋友都熟悉这个地方，这是成都文化界朋友聚会的一个好去处。我刚一发香肠绿植的照片，成都商报驻京首席赵倩就说，朱老师，你去樱园啦。而老冉、杨葵、砍柴等老兄弟也都来过，老葵还在此留了墨宝。

嗯，下回来成都，多了一个好去处。

柳州的螺蛳粉

“爸爸，你要去柳州的话，可以吃螺蛳粉了。”

姑娘听说我要去柳州，眼睛里闪着羡慕的光，跟我说。

“你怎么知道柳州螺蛳粉？”姑娘还在读初中，没去过广西，也从没吃过螺蛳粉。

“就这样知道呗，电视里网上不都有嘛。”

哦，我也没吃过螺蛳粉。我知道螺蛳粉，全赖陈晓卿。这家伙的微博、微信朋友圈里，老是炫耀他热爱的螺蛳粉。比如，有一年他说他儿子军训回来，晒成了个小黑蛋，问儿子想吃什么，儿子说：“要治愈的，比如螺蛳粉。”

真是有其父必有其子。

陈晓卿不仅在微博、微信里显摆螺蛳粉，还在电视上、书里显摆。《舌尖上的中国》专门做了期柳州的酸笋和螺蛳粉。他当年在《Time Out》专栏写的北京的柳州螺蛳粉，后来收进了他的《至味在人间》。他写螺蛳粉桂林米粉里常见的“脆皮”——低温油煎的猪颈肉，“浓馥的动物油脂芳香，瞬间让我柔弱空洞的胃，从半推半就的喜悦到欲仙欲死的癫狂。好吃的东西总是这样，有多不健康就有多美味”。

看看，老饕谈起吃来，不健康也成了美味的理由。其实我也一样。晓卿把我对螺蛳粉的胃口吊得高高的。

我在广州和南宁、桂林都吃过各种米粉、老友粉等，但确实没有吃过螺蛳粉。朋友们听说我要去柳州，纷纷提醒我别忘了吃螺蛳粉。

我其实是经停柳州，目的地是罗城。人还没到柳州，未曾谋面以文论交的网友L老师首先在微信留言，到柳州，她“地陪”。我的大学同学不干：这将置我们于何地啊？于是，委婉感谢L老师，把经停柳州的第一天，留给了我的大学同学。

到柳州，原本大学同学要带我去吃他们心目中地道的螺蛳粉，恰好我一个大学舍友在柳州公干，希望能趁中午时间跟我见一下，这下子，去苍蝇馆吃螺蛳粉的计划泡汤了。我们几个同学及校友，在柳州一家酒店吃饭，舍友赶了回来，也点了螺蛳粉，味道还可以，但是，大学美女同学后来跟我评价说，很不正宗。当然，大家都清楚，酒店本就不是吃螺蛳粉这样的小食的地方。虽然螺蛳粉在柳州已经是个大产业，但大雅之堂做的螺蛳粉，终究不及陋巷小吃对味。

从罗城复返柳州，L老师和他的先生张老师热情地招呼我，张老师最近几年一直在研究侗族的艺术文化。在去柳州之前，L老师跟我说，要请我吃打油茶。打油茶是侗族的特色饮食。虽然不若螺蛳粉有名，我觉得也是可以一试，可以把螺蛳粉放在夜宵时。只是我没想到，在罗城酒桌边连续鏖战之后，在柳州又吃丰盛的打油茶和火锅，配着陈年老酒，到最后，纵是螺蛳粉再美味，我也是吃不动了。

第二天早上，张老师带我到一家有名的螺蛳粉连锁店吃螺蛳粉，他说这家螺蛳粉店很有名，当年获过大奖。

柳州人爱吃螺蛳和粉。螺蛳粉之所以叫作螺蛳粉，是因为它的汤是用螺蛳熬成。各种关于螺蛳粉的介绍，不外乎是说螺蛳粉具有酸、辣、鲜、爽、烫的风味（其实桂林米粉的汤味也不外乎是这种特点吧），位居柳州风味小吃之首，由柳州特有的软滑爽口的米粉，加上酸笋、木耳、花生、油炸腐竹、鲜嫩青菜、鸭脚、鸡蛋等配料及浓郁适度的酸辣味和煮螺蛳熬的汤水调和而成。外地人不习惯的螺蛳粉汤辣和腥的味道，恰恰是螺蛳粉最大的特色。

张老师说，这个螺蛳粉最初发端，其实是很偶然的。某次一个酒徒宵夜到最后，还想要吃点什么，摆摊的一看夜宵摊上只剩下粉了，螺蛳及其他小吃都吃完了，但见炒螺蛳的汤料还在，便顺手把粉倒进炒螺蛳的锅里一滚，加些其他蔬菜之类，出锅。酒徒一吃，咦，感觉味道跟平常吃的粉不太一样，似乎更鲜了哦。于是，最早的螺蛳粉也就这样从地摊大排档起步了，时间大概在 20 世纪 80 年代。螺蛳粉的肇兴之地，大致就在我住的宾馆附近，如今的步行街附近，离柳州现存最老的菜市场不远。

我没有想到，螺蛳粉的历史竟这么短。在我的想象中，这样名震天下的美食应该是有漫长的历史了吧？

其实不然。螺蛳粉是柳州城市生活营销最为成功的案例，背后的推手是柳州市。张老师跟我介绍说，过去柳州人是不吃螺蛳粉的。后来政府主导，设计推广，民间热捧，而当年《舌尖上的中国》的爆红，不仅让我家姑娘这样从未吃过螺蛳粉的人都知道了螺蛳粉，更让螺蛳粉成了柳州的一个大产业，成了柳州一张闪亮的名片。如今，柳州更建了螺蛳粉博物馆，并要确定螺蛳粉的制作标准。

原来如此。螺蛳粉原来就像如今的网红！

张老师带我去的这家螺蛳粉店，原是两姐妹开的，在柳州的美食比赛中获过金奖。张老师给我点了个鸭脚套餐，说放鸭脚才是螺蛳粉的正宗。味道自然很鲜美，比我在广州、北京吃到的桂林米粉味道鲜了许多，同样比我在柳州的大饭店里吃到的螺蛳粉鲜美许多。不过，我努力在汤里品味螺蛳的腥鲜味——食物腥才鲜。我在江南水乡长大，自小也爱吃螺蛳，螺蛳的肉味汤味，自小就是我味蕾上的记忆，差不了的。但是，我有些失落，我品味到的，几乎全是酸笋的味道。我吃的这碗螺蛳粉，酸笋的味道盖住了其他的味道，单一，没有层次感。我很喜欢吃酸笋，但如果螺蛳粉的味道变成了酸笋味道，多少与我的想象有些差距。

我们进去的时候，偌大的店里空空荡荡，我们是第一拨客人。后来我的同学及柳州的朋友告诉我，柳州人早上是不吃螺蛳粉的，柳州人早上吃的是烫粉——这解开了我觉得早上店里空空荡荡的疑惑。同学还说，这家虽然名气大，但如今做成了连锁，味道就不如过去了，吃螺蛳粉不能到这种店里，还得到小店——其实，我也是这样想的。毕竟，这些味道出身草莽，是普通人的味道，街角路边的小店，才是它的本色，而一旦洗脚上岸，看上去安全健康了，却失去了草莽风尘的味道，也就失去了普通人的味蕾感觉。

柳州的螺蛳粉能够得爆大名，还是有其底气的。女同学说，1989 年她到柳州工作，工厂没有食堂，每天都拿着盆去打螺蛳粉，也就爱上螺蛳粉了。如今的年轻一代，尤其是学生，都爱螺蛳粉。

如果用《射雕英雄传》里的丐帮作比，连锁店或大饭馆以及如今各种电商平台的螺蛳粉，类似于丐帮的“净衣派”，而街角路边大排档的螺蛳粉，可以比作丐帮的“污衣派”。追根溯源，标准化的“净衣派”，在工业社会定然占得主流，最终财大气粗地位高，但与丐帮起家的本意已有差距，只有“污衣派”，才算得上是正宗嫡传啊。如果没有在街角路边的苍蝇馆大排档吃过“污衣派”的螺蛳粉，应该不能算真正明白了螺蛳粉的味道。

无论是否是商业营销出来的品牌，螺蛳粉已经成为柳州的经典名吃，也是许多柳州人的日常所爱。下回到柳州，一定要半夜酒后，去街角路边来一碗真正的“污衣派”的螺蛳粉。如此，才不枉说，真到了柳州。

绍兴的河埠头

在阔别绍兴近二十年后，我重游绍兴。我对绍兴所有的印象，基本上只剩鲁迅笔下的点点滴滴了，不过就连那些，如今也几乎已经不在。

作为饕餮之徒，我对饮食向来有自己的偏好，偏爱街巷里的苍蝇小馆。当年孔乙己排出几文大钱要一碟茴香豆的咸亨酒店肯定是不能去了，如今太有名太高大上，几乎像是旅游景点，应该失却了鲁迅笔下的旧绍兴味道。

阿啃老师推荐了两家绍兴特色风味的小馆，其中一家越味道，就在我住的酒店边上，当晚我就在那里买醉了。

第二家，是我在绍兴的公事忙完之后，阿老师和绍兴的几位朋友一起带我去的，叫河埠头。

河埠头，这名字在我听来就十分耳顺，因为三个字我太熟悉了。我故乡常州乡下，河边用青石条块搭建的淘米洗菜洗衣服的台阶，就叫河埠头，换作书面标准描述，叫码头。

河埠头是水乡人民日常生活的重要场所，饭馆名字取名河埠头，其亲和之意昭昭。

绍兴的这家河埠头小馆子，坐落在绍兴的西小路上。西小路是绍兴老味道保存相对完整的两处之一，河道蜿蜒而过，民房逐水而建，没有喧嚣的旅行团——旅行团基本都去了鲁迅书圣故里之类。所以，尽管王阳明的旧居隐匿于西小路的普通居民区中，这里还是落得清静，成为绍兴“土著”——绍兴的朋友为方便介绍使用了这个词，其实就是普通的老绍兴人——安逸生活之所，俯仰之间，还都有着老绍兴的风范。

河埠头就坐落在这样一条街上，是路口沿河而建的一栋两层小楼。阿老师说，这是一家传统的绍兴菜馆，味道很地道，是老绍兴喜欢来的地方。

我们到达时正是饭点，饭店人满为患，室外的埠头上及屋檐下，甚至树下，都摆着小桌子，是一桌桌的食客。

“哇，生意这么好啊。”阿老师他们也很吃惊，没想到如今这么多人，“大概是因为网上有了推荐吧”。

我的直觉是，这种游客很少的地方这么多人，一定味道很地道。这不，吃完饭走的姑娘，是骑电动车走的，大概都是绍兴人家的孩子吧。

排队等了十多分钟，轮到我们时，室外那些各处零散摆着的桌子还没有撤走，还有换台的。

屋里其实不大，楼下楼上没几张桌子。不过我们到二楼时，二楼是客满的，喧嚷得很。

我习惯性地观察周边环境，嗯，靠河一侧的窗口，如果天气好，要一坛

▲河埠头

黄酒，剥一只螃蟹，和好友三五人，低声细语漫聊，听河水呜咽而去，当是好去处。若是细雨绵绵，独自一人，据窗而坐，温一壶黄酒，要一碟茴香豆，看窗外雨打树叶，看对岸积水从瓦楞光里流下，那是另一种感觉。可惜，这些，只能在想象中，如今物质丰盈，稍微好一点的餐馆，都是人满为患。人一多，什么情趣都烟消云散了。

菜品都是家常之味，比如酱鸭，比如带鱼，比如河虾，豆腐不错，不过，香肠似乎是广式的。要说有多特别，倒也没觉得，大概如阿老师所言，是老绍兴的味道，是市民的口味，所以老绍兴喜欢。

从菜色口味和饭馆所处周边环境以及一起吃饭的朋友来说——这是吃饭享受的要素，对于我算是来对了地方。只是，这个河埠头太火爆了，以至于吃饭就像打仗行军一样赶，最不济也像吃大食堂一样，太过匆促，无法享受吃饭品味的乐趣——随时担心没菜没饭了，不仅无心赏风景，连吃饭都被无形中催赶着。这个感觉对于老饕来说，不是很好。

太火爆了，说明菜品亲和力好，但太火爆的另一面，也会让服务和饭菜质量跟不上——我们的米饭，是李青老师下楼自己“抢”来的。对，一点不错，是“抢”来的，而且还有些夹生，这或许是其隐患吧。

不过，这家河埠头的地利之便，对于我这样想开一家人民的饮食店的人而言，实在是可求而不可得，如今再想在河边开这样一家店，恐怕因环保问题是不能如愿的了。如果有机会再游绍兴，我倒是依然有兴趣再去坐坐，看能不能享受到天晴人少或者雨雪风云的时候，临窗而饮的味道。这得看自己的造化了。

在池州，吃一次红烧小石鳜

什么，红烧鳜鱼？难道在池州不是吃臭鳜鱼么？

朋友看我发的在池州吃的红烧鳜鱼，都很惊讶。

徽菜里，臭鳜鱼大概名声最大，它的发家史则跟池州有关。所以，到池州不吃臭鳜鱼，却吃红烧鳜鱼，难怪吃货惊讶了。

我也爱吃臭鳜鱼，在池州也吃了臭鳜鱼，但臭味比在北京吃的臭鳜鱼轻淡许多，而鱼肉却鲜美更多。

鳜鱼之盛名第一，当推张志和一阕《渔歌子》：

> 西塞山前白鹭飞，桃花流水鳜鱼肥。
> 青箬笠，绿蓑衣，斜风细雨不须归。

不过，张志和的鳜鱼，是浙江湖州的鳜鱼，西塞山在浙江湖州。张志和这一阙鳜鱼肥，引得后来诗者纷纷唱和。

我老家也产鳜鱼，又称鲟鱼，鲟鳜鱼，我曾经写过《鲟鱼的记忆》。在我老家，鲟鳜鱼也是非常名贵的淡水鱼种，生长对水质要求很高。

当然，江南故乡内河的淡水鳜鱼，虽然名贵，与江河融汇之地所产，质量还是要差些。比如池州，就是名鳜鱼的产地。

池州的鳜鱼之有名，于我，不是因为臭鳜鱼，而是昭明太子。

昭明太子也是南兰陵武进人，池州有他的封邑。他在池州秀山隐山寺建台读书，招贤选文，编《文选》，乃不朽之作。池州有昭明太子钓台。《元和郡县图志》卷二十八引顾野王《舆地志》云："梁昭明太子以其水鱼美，故封其水为贵池，其水，源出秀山。"贵池之名，由此而得。

池州山水秀美，江河湖会，水产丰美。昭明太子所赞之鱼，据说就是鳜鱼，如今称秋浦鳜鱼。不过，查陆游《入蜀记》，陆游过池州，未曾提及昭明太子的鳜鱼，倒是说池州的鲤鱼有名，"产鲤鱼，金鳞朱尾，味极美"。及后光绪《贵池县志》则说池州的香鲫名贵，"五镜潭，产香鲫，又为士人称之为香鲫荡。香鲫为历朝贡品"，后来香鲫也绝迹了。按说，鲤鱼鲫鱼对水质的要求要低于鳜鱼，何以远古的昭明太子秋浦鳜鱼倒成了地理标志保护产品，而中古近古的鲤鱼鲫鱼却因环境变化而绝种了，也是个有趣的问题。不过，如今的秋浦鳜鱼，也就是托名而已，据说已经能人工养殖了。

我游池州时，朋友殷总和我友虎妞召饮于池州黄公庐。殷总点了池州的小石鳜，问我红烧还是清蒸。我回之红烧。昨日午夜刚被酒浸透的味蕾和胃，清蒸恐怕压不住。清蒸鳜鱼是南方传统的常见做法。昭明太子吃的秋水鳜鱼，定是清水煮或蒸，取鲜鱼本味之美。其时尚没有辣椒酱油，红烧或其他做法，都是不存在的。相比红烧，清蒸或汆片，对鳜鱼的质量要求更高。

鳜鱼的做法，其实各有所爱。安徽人喜欢的臭鳜鱼，李渔袁枚肯定都不喜欢。

《闲情偶寄》云："食鱼者首重在鲜，次则及肥，肥而且鲜，鱼之能事毕矣。"

《随园食单》言："季鱼少骨，炒片最佳。炒者以片薄为贵。用秋油细郁后，用芡粉、蛋清搂之，入油锅炒，加作料炒之。油用素油。"

臭鳜鱼做法，如今虽登大雅之堂，但在过去，定被李渔袁枚鄙视。我也一直喜欢不起著名的松鼠鳜鱼。

殷总点了三条红烧鳜鱼，每条都不大，半斤以上——《纲目》："鳜，小者味佳，至三五斤者不美"，鱼身用刀划开，以入味，点缀些豌豆红椒末，做熟，放小炖锅里，下面点着酒精炉，以保温，并使汤汁不致凝结。看上去色彩热烈，用筷子挑开，里面的鱼肉，白嫩香滑，绝非臭鳜鱼、松鼠鳜鱼可比，堪比清蒸汆片，只是多了些许咸辣香味，毕竟这是红烧。若夹肉蘸汤汁，则味道浓郁鲜美。佐酒下饭，皆为妙品，尤其是宿醉之后。

汪曾祺在小说中说鳜鱼最好吃的部位，"鯚花鱼不用整条的，只取两块嘴后腮边眼下蒜瓣肉"。当然，鱼肚子上的鱼肉也好吃。

三条鳜鱼，我几乎吃了两条。在吃这红烧鳜鱼时，我想，这样的鱼做臭鳜鱼或者松鼠鳜鱼，该多暴殄天物啊。当然，按时令，鳜鱼最好的时候，当属古人所言，桃花流水三月时。

下回来池州，还得吃鳜鱼，清蒸红烧臭鳜鱼统统尝一遍，最好，桃花开时来。

夏日，江南的那一碗油泼扯面

我的中学学弟很有意思，取了一个“停停走走”的网名，每天早饭一碗面，没有例外。

其实我也爱吃面，在北京经常吃面。曾有朋友问，朱老师，你一南方人，为何这么爱吃面？其实这是不了解江南。江南虽是鱼米之乡，但自宋室南渡之后，小麦在江南得到大面积推广种植，面食也就成为江南的流行主食，仅次于米饭。不过，江南吃面食要比吃米饭隆重得多。比如此番我回江南故乡，面食就吃了两种——馄饨和茄饼，这是江南特别讲究的面食，尤其茄饼，是祭祖时才做的，以面粉茄饼为主，过去也配有米粉做的。

江南故乡物产丰富，一年四季，菜式细腻鲜美，天下独步，此番回家，酒桌流连，有点怕了。毕竟，像我这样的粗人，走南闯北，为了适应生活，味觉和胃已经被改造得几乎能适应一切饮食了。所以，细腻鲜美的美味吃多了，倒也会很想念长枪大戟式的粗犷之食，比如川渝的火锅、湖湘的辣菜、西北的面食……人就是这样。

停停走走正好刚从西安回来，他告诉我湖塘镇滆湖路上有一个陕西风味的面馆，相当不错，他在湖塘的时候经常去吃。

我很好奇，停停走走是南方人，自小生活在南方，后来清华毕业后又去美国，前些年才回故乡，怎么会喜欢陕西风味的面条？要说，故乡的面条也不错，比如湖塘镇上折脚婆的硝肉面馆，还有其他各种银丝面馆，都各有特色。

同样走南闯北的停停走走说，江南的面固然不错，但重在汤和浇头，这个北方确实没法比，但江南人不注重面本身，面条不够筋道，这点，却比北方的面食差远了。

这倒是。比如我，只要有猪油和青蒜酱油，多糟的面条也能煮出自己喜欢的绝味来，因为重汤味。而南方的面粉，确实不如北方的面粉筋道，中国最好的高筋粉在河套，惜产量不高。这也是北方面食本身胜于南方的根本。

“滆湖路这家西安面食，面条特别筋道，辣子一浇一拌，吃起来确实是别有滋味，与我们本地面馆风味完全不同。我换口味时就去这家面馆。”虽说很快要回北京，但学弟这一说，倒是很打动我。一来我想换一下口味，二来也想看看，在美食之乡的江南（在我这样的老饕口中，整个沪宁线上，常州人最讲究吃喝，菜式也是最好的），一家西北面馆何以立足？

学弟特意给我发了定位，并给店家打了电话，告诉我，现在暑假，早上8点半才开门呢。他还提醒我，附近有两家西安面食店，其中一家一般，一定要去他推荐的那家。

第二天早上，我锻炼时顺道前往学弟推荐的饭馆。走到附近一看，全是各种小馆子，湖南的、四川的、云南的、甘肃的、安徽的……

我忽然明白这些小馆子何以在江南故乡立足的了。故乡经济发展后，外来人口激增，前来打工谋生者众，比如我家附近的一家企业，当年用工就好几万人，全是年轻人，与这些人一起前来落脚的，还有他们的故乡风味。而滆湖路，还多了另一个因素——近靠常州大学城，同样是汇聚年轻人的地方。

学弟说的两家西安面食相距不远。第一家开业要到10点半，我走向师弟推荐的那一家，时间正好8点半，已经开业，有两三拨客人在吃。

老板娘招呼我坐的时候，我点了份油泼扯面。老板问要加牛肉还是猪肉，我说你们觉得什么好就加什么吧。老板娘说猪肉香一些。那就猪肉吧。

我提了一句，昨晚我学弟打过电话，今天我找到这里来尝尝你们面条的。老板娘笑着说，知道，那个老板经常来吃面条。刚才你在外面看的时候，我就觉得像是那位老板说的人。现在暑假，我们8点半才开门，开学后开门早。昨天那位老板打电话后，我们早上7点就起来和面揉面了，要时间准备嘛，今天8点就开门了。

哦哦。我有些惭愧。问老板娘哪里人，才知道原来是宝鸡人。

那宝鸡油泼扯面跟西安的做法有什么差别么？我接着问。

没什么差别，都是一般做法，和面醒面擀面扯面下面，加菜料，加油辣子和调料……你稍等，一会儿就好。说完老板娘转身就去后面了。

一会儿工夫，老板娘端着一大碗油泼扯面和一小碗汤过来了，扯面上堆放着传统的菜料，当然还有红红的辣子。

老板说，你拌一下哈。我看了一下说，辣子有些少啊。

老板娘一愣，啊啊，你们南方人还这么能吃辣么？不少了，桌上也有辣子。

其时我正忙着微信回复朋友一件事，没顾上立即拌面。老板娘一看，说，我帮你拌吧，不拌，时间一长，就不好拌了，也不好吃了。老板娘说着，就帮我拌好了。

手上忙完，开吃。用筷子挑起，大口大口往嘴里送。油泼辣子辣嘴不烧心，长宽的面片带着韧劲与筋道，蔬菜的清香，猪肉的肉香（我在北京的吃的油泼扯面，似乎没有肉末），和蒜香混杂在一起，确实诱人。我一口接一口，呼噜噜很快将面碗里吃得干干净净，用面汤一过，舒服。

14 元。便宜。这是湖塘镇上面馆的通常价格。只是，这一碗下去，我一早上走的 5 公里，似乎是白忙乎了。那又有什么关系呢？老饕，对得起舌头和胃，才是最重要的。冬日回江南，又多了一个吃饭的据点。

像我这样在外游荡的人，在外面时间长了，总想念故乡的味道；在故乡时间长了，又会想念在外面习惯了的味道，而在江南，这一碗油泼扯面，其实就是游荡灵魂的一种提醒，更是一种慰藉。

我把扯面的照片发微博后，有网友问：朱老师，是二院（常州第二人民医院）对面那家吧？

显然，这也是位熟客。看样子，还不只是我学弟喜欢去。

幸福大街的炒肝味

不知道从何时起，幸福大街多了一家炒肝店——“羊市口炒肝赵”。

作为内脏的超级拥趸，我爱吃各种内脏——猪牛羊鸡鸭甚至淡水鱼的内脏做的菜肴。老北京的饮食里，炒肝是我比较喜欢的一种风味小吃。

炒肝其实是名实不符的一道风味小吃。说名不副实，是因为炒肝里虽然有肝，但肝并非主力担当，更多只是点缀，多的是烂蒜肥肠，而且，肝肠都不是炒的——炒肝还好吃，肥肠若是一炒，那简直就是暴殄天物了。香港美食名家蔡澜在《蔡澜美食系列：吃到念念不忘》里写炒肝，“是用碗盛着的，像汤水多过小炒，里面有几小片猪肠，肝是怎么找也找不到。穷人家吃的东西，找不到肝，才是正宗”。

据说炒肝源自宋，我查《东京梦华录》没有查到，也许是我不太认真。梁实秋写了那么多北平的吃食，我也没有印象他写过炒肝，他晚年那篇《北平的零食小贩》，点了那么多吃食的名字，愣是提都没提北京大名鼎鼎的风

▲炒肝赵

味小吃炒肝，如果北京的炒肝粉知道，大概会伤心的。或许他老人家不喜欢吃炒肝吧。

但我喜欢炒肝，也不会因此伤心。

我吃过小区楼下河南人做的路边摊炒肝，吃过原来护国寺小吃街上的炒肝，吃过庆丰包子铺或其他各种有名没名的店里的炒肝。

我吃炒肝，都是因着方便，而非刻意。

幸福大街上的炒肝赵，对于我而言，也是因为方便。一天上午 9 点半左右，我去上班的路上，意外地注意到幸福大街北端路口的这家老羊市口炒肝，炒肝两字迅速攫住了我的目光，我停下脚步，走了进去。

屋子里不大的地方没几个人，一位年轻的妇女在柜台后面，我点了碗炒肝，柜台后面窗口里，一个温厚的男声说，不好意思，炒肝今天卖完了。

我悻悻然地离开，早饭也没吃就过了马路。这是我跟幸福大街上炒肝的第一次相遇。

既然发现了，我自然要去尝尝。第二天我提早了些去，这回，柜台后面坐了个上年纪的妇女，店里的人比昨天多，看样子进入了早餐档的尾声。我要的炒肝有了。

幸福大街上的这碗炒肝，要说模样，跟其他地方的也大差不差，但味道却很不错，在我吃过的炒肝中属上品之选——芡汁适中不稀不澥不黏稠（勾芡淀粉多了太稠，少了太稀），红光油亮；蒜香味足，但蒜剁的细碎；里面肝也就几片，倒不像一些地方炒肝里的肝那么老——这是炒肝店的通病，但肝老了不好吃；多肥肠——我就喜欢肥肠多，且肥肠软糯合适。

作为老北京的岳父大人和大舅哥都跟我讲过正宗的吃炒肝方法，既不用勺子也不用筷子，一手托着碗底，转着圈嘬，过去还要发出声来——吃东西发出声来是一种享受，这我理解，但这是我小时候难得吃到好吃的时的毛病，现在不会再出那样的声音了。不过我吃炒肝还是用汤匙，谁让我不是老北京呢？梁实秋说一个人在北京待了二三十年还没喜欢上豆汁儿，那不能叫老北京，直到如今我也无法接受豆汁儿。吃到最后，用汤匙尽量刮干净挂壁的芡汁——最初吃炒肝的时候，我还会像小时候吃咸粥那样，最后把脸钻进碗里，用舌头舔干净碗壁上的残余呢。当然，炒肝碗小，脸是钻不进去了，但舔起来方便。不过，后来当城里人时间长了，也就是用汤匙刮刮挂壁的芡汁而已，不再舔碗了。

我后来去的多了，老板也就面熟了。老板是个大小伙子，高个儿，与一般“老北京气”的年轻人大不一样，没有骨子里透出那种皇城根下的倨傲，总是敦厚地微笑着，说话也是温厚的，见到就说“您来了”，走的时候也会跟你招呼：“您吃好，慢走”。这让我很舒服，不仅吃得好，还舒心。谁愿意去吃饭还生气的呢？但这样的饭馆在北京并不少。

一般像炒肝赵这样用姓和经营的食物连在一起做招牌的，大概历史都比较悠久了，算是祖传手艺。我没问过老板炒肝赵传了几代，但年轻人愿意做这个，还是比较少见的。有一天吃炒肝时，我夸了句味道不错，柜台后的老太太说了句：“那是，我们以前在羊市口，搬这儿以后，老街坊还追着过来吃呢。他们都是我的老街坊。”老太太指着几个吃炒肝包子的中年人说。那几位食客听了也接茬跟我夸这家炒肝做得好。

后来我带姑娘去吃过一次，她也很喜欢。作为饕餮之徒，我吃东西从来不会被饭馆的盛名诱惑，也不会被所谓的“正宗”诱惑，我的正宗，就是爱。幸福大街的炒肝味，于我就是正宗。

不知何故，后来这家炒肝店搬离了幸福大街——这条街上好多房子有着租房陷阱，我估计炒肝搬走最初恐怕也是这个原因。他们搬到了东壁街蔬菜中心边上一个特别小的门脸——在幸福大街时，店里有好几个帮手，搬到这里，也就两个人了，店面里几乎腾挪不开，而吃炒肝，也就是在门脸外面狭窄的空地上，摆了几张小板凳，连桌子都没有。我曾经在那里站着吃炒肝。即使这样的环境，年轻的老板还是满脸笑意地盛着炒肝，一点都不恼。

再后来，这个小门脸也封上了。我不知道他们又搬到了哪里。我再也没有在幸福大街附近看到那种永远带着温厚笑意的年轻的脸，以及熨帖我馋虫和胃的那份炒肝。而现在，我离开幸福大街后发现，原来炒肝店的地方，已经成了一堆废墟瓦砾了。

“如今呢，胡尘涨宇，面目全非，这些小贩，还能保存一二与否，恐怕在不可知之数了。但愿我的回忆不是永远地成为回忆！”梁实秋在《北平的零食小贩》结尾的慨叹，一语成谶。

在临沂喝糁

夜宿临沂，发了条微信，朋友圈临沂和山东的朋友纷纷冒泡，强烈建议我在临沂一定要喝“sa”，并推荐了不同的地方。一位在北京的漂亮妹子更是强烈建议我，喝“sa”一定要多加肉，千万不要加鸡蛋。

“sa”是什么东西，我确实不知道。适逢临沂本地朋友王君晚上来看我，聊起来，方知大概。

王君告诉我，“sa”是临沂的特色名早餐，其实就是熬制的肉汤，有牛肉“sa”、羊肉“sa”、猪肉“sa”、鸡肉“sa”。“sa”是临沂本地音，也有发“sha”音的，但汉字书写中，应该是“糁”字。

糁字我自然认得，通常是米粒玉米粒的碎渣。王君说，糁就是用牛羊鸡肉等，与面粉稻米等混杂熬制而成的汤，他约我明天早上去街上喝糁。我欣然答应。我一直认为，到一个地方，苍蝇馆才是真正的地方风味代表。

第二天一大早，王君如期而至，开车带我到临沂的银雀山路一处，把车停靠路边，指着前面排队的人告诉我，那排队的就是来喝糁的。

前面房前的空地上，摆了大概五张条几，每张四周都坐满了人，而中间一路站立的，是来买糁的，有带着饭盒的，大概是要带回去；有空手的，大概是和我们一样要在这里喝了再走。喝糁和排队的人，年龄性别各异，有中老年人，也有时尚青年男女，甚至，还有一个挺着大肚子的孕妇！

这不算人多的，人多的时候，排队排到马路上去了，王君比划着向我介绍。我们俩也顺着站在了队伍末尾，一会儿工夫，我们身后又有好几个缀上了。

随着一个个端着满满一碗糁的人出来，我们进到了屋里。一口很大的圆柱形钢精锅，一个中年人站在凳子上，根据边上那个收费算账的老人的指示，往碗里打糁，或五元的，或十元的，或十五元的，差别在于他手上往碗里加肉的分量，一碗糁端过，配一袋榨菜，端了满满糁碗的顾客，颤巍巍小心翼翼地从队列边上出门。

王君给我们点了十五元一份的糁，另外每碗配了一张锅饼——有些类似新疆的馕，不过，新疆的馕显然要薄，外面也更焦。

王君打糁的时候，我在一张条几边上等到了两个位置，等王君把糁端过来便开吃。我第一口入嘴，我仔细品味了一下，牛肉羹的味道自是很重，当然也有胡椒和五香粉味。还有一种味道，我叫不上名字，似乎是一种炖鸡汤用的药材，味道略有些接近河南的胡辣汤，但比胡辣汤清淡许多。

我们俩一边吃一边聊糁，旁边一个也在喝糁的大汉忍不住插嘴给我介绍说，这家的糁，凌晨两三点就开张了，我们临沂人有人喜欢喝头汤糁，尤其

▲在临沂喝糁

是冬天，下夜班或上早班的，来这儿喝完头汤糁，满身暖洋洋的，不论下班回家睡觉，还是上班去，都不会觉得冷。

以我饕餮之想象，我能感受到喝头汤糁的这种幸福感。

糁在临沂主要是早餐食物。我们在银雀路喝的这家糁，属于非常大众化的普通的店，卫生条件自然一般，也没有香菜葱花，但生意特别好。我喝完才发现，隔壁一个房间里，也摆着几张条几，都是喝糁的人。

后来有朋友给我留言说，临沂作家刘玉堂在小说《女人的河》里写过喝糁的场景：

“糁，乃取牛、羊、猪之肉，三如一，小切之。与稻米，稻米二，肉一，合以为饵，煎之。苏东坡有话赞道：看似龙涎仍酽白，味如牛乳更全清。莫将南海金荠脍，轻比东坡玉糁羹。”小说中那个满腹经纶的晚清秀才，在日本军营中被逼疯，只会说“念 sa 啊”。

刘玉堂写到的前一句，其实跟《礼记》所载很接近，或者说化用而来：“糁，取牛、羊、豕之肉，三如一，小切之。与稻米，稻米二，肉一，合以为饵，煎之。”这个角度看，糁的历史确实够悠久古老了，毕竟临沂是齐鲁文化之地。

也是因为此番喝糁，我才晓得，不仅临沂有糁，黄淮平原许多地方都有糁，江苏和河南靠近山东的地方，都有糁喝。而且，许多朋友告诉我，糁跟胡辣汤类似。但我在银雀路烈士陵园边上喝的那个糁，绝对不是胡辣汤的味。

不过，第二天清晨，当我在饭店的餐厅吃饭时，发现餐厅里的糁汤，用的是黑胡椒，汤色浓郁，味道与胡辣汤几乎没有两样，跟我在外面喝的完全是两个味。

自然，大宾馆餐厅里的各色菜肴，都是经过精加工了，更多是商务的味道。但是，若要吃到真正本地风味，我还是愿意到市井小巷的，苍蝇馆中，那里的味道，才是生活的味道。

爱上大方的豆干火锅

在一些热爱火锅的朋友中间，我被称为火锅达人，因为喜欢各种火锅。这两天，我突然怀念起了大方的豆干火锅来。与我熟悉的川渝火锅味道不同，大方的豆干火锅我只吃过一次。

2019 年 11 月初，我途经贵州毕节，连续几晚驻留在大方县城。

我不熟悉大方，但大方有个历史人物非常有名，叫作奢香夫人。丈夫死后，奢香夫人摄理贵州宣慰使，在位时强化了边陲地区与明朝内地的联系，千古传颂。

作为路边美食达人、老饕，到达大方前，我在社交媒体上问朋友，大方有什么好吃的？朋友们纷纷作答，都集中在吃豆干火锅和豆干上。

“在大方，一定要吃豆干火锅。”妹子和兄弟再三提醒。

火锅以豆干闻名，我是第一次听说。作为豆腐豆皮等豆制品的热爱者，每次吃火锅，都不会少点豆腐、豆皮和腐竹，而火锅直接以豆干为名，于我简直有些意外之喜了，就像老鼠跌进了白米囤一般。

大方的豆干非常有名，一个原因据说是水质好，城关境内老井颇多，至今仍在使用，另一个原因是做豆腐的黄豆质量不错。大方盛产优质大豆，蛋白质含量居贵州全省之首，豆制品质量也居贵州各州县之首。大方的豆制品制作历史也很悠久，传说奢香夫人进京也带了豆干。如今，豆干已经是这里知名的特色产品。我在奢香夫人博物馆所在的街道上，看到过多个豆干摊子和做豆腐的店家，一袋豆干 12 元。

晚上吃豆干火锅的地方，离我们住的宾馆略有些距离。对面的一家同样生意的店家，还有妹子劝酒的歌声传出。与川渝麻辣火锅远远可以闻见其味不太一样，豆干火锅没有川渝火锅那种张扬。

豆干火锅是香辣锅，自然以豆干为主菜，各种肉食内脏、蔬菜做搭配。当然，还得有猪油渣，据说这是豆干火锅的标配——与我熟悉的猪油渣不同，这里的猪油渣下了火锅才吃，咬劲足，像是吃肉，不若我故乡的油渣香酥。

11 月初大方的晚上，天气有些阴冷，一大桌人，围坐一锅，围着沸腾起来的火锅，煮着各种菜肴，就着白酒，吃菜聊天，真是轰轰烈烈，快意人生。

那天晚上，我们这一锅，光豆干就加了四次！你说豆干好不好？豆干火锅好不好？到最后，捞出沸汤里残剩的菜肴，来一碗白米饭拌着吃，更是香辣一绝！

豆干火锅真是不负朋友们的推荐，吃得我只能坐躺着抚摸肚子。

▲豆干火锅

如果说有遗憾，是因为下火锅的菜单不是我们点的。像我这样的老饕，除了会点本地人最常点的那些肉食外，一定会多点各种动物内脏，还有鱼，我相信，这些食材，加在豆干火锅里，一定也是非常美妙的搭配。

同样还有遗憾的是，尽管我迫切希望能继续吃豆干火锅，但是我们住宿的宾馆附近没有豆干火锅店。宵夜？只有我一人不怕发胖，火锅又不是羊肉粉，一人吃不出味道来。这让我至今仍在抱憾。

不知道余生还有没有机会，再去大方吃豆干火锅了。

不知不觉，口舌生津了。

在长沙吃粉

顺德肠粉，桂林米粉，柳州螺蛳粉，贵州羊肉粉……

过去我所知道的粉，其实没几种。后来南方城市去多了，才知道南国各地，说起来粉来，都算得上是粉都，且都不把别地的粉放在眼里，自己所在城市的粉，永远全国第一。这也合乎普通人的心理。林语堂说过，民族主义不过是童年味蕾的记忆。其实，地域论者也是。

我知道长沙有粉。若干年前，给我主持的杂志约请刘长写一篇“城记”，题目是《长沙，城中总有不散席》，文中这样写长沙人与米粉的关系：

“零点过后，天空飘起小雪，极寒。从夜场出来，没有人急着回家。被劣质洋酒和冰镇饮料摧残的胃，急需用一碗长沙米粉疗救……”

“拐入一条曲折的小巷。这是一家名为‘周记’的粉店，虽已深夜，依然人头攒动。店小，仅有七八张桌子，却不妨碍它在每个深夜，慰藉长沙夜场达人们的肠胃与灵魂。”

在刘长的描述中，这家营业时间为“晚上 11 点到翌日上午 10 点”的小店，无论男女食客，吃粉都是“光速”。

这是我第一次真正留意起长沙的粉来。不过，虽然去过长沙多次，但长沙粉的记忆，总是没有那么强烈。因为每次去，无论是在高堂大屋，还是街角路边，到了晚上都是被美味佳肴和友谊的酒弄得不知身在何处。第二天早上，也都是在酒店匆促用餐，自然也就不知道长沙粉的好处了。

这年 5 月中旬，应石扉客君邀请参加湖湘文化游，才有了在长沙与粉初次近距离接触的机会。

到长沙第二天，还是循例起得很早。因为对周边环境不熟悉，且早上长沙烟雨迷蒙，生了惰心，不想出去了，就在宾馆的餐厅，自己烫了一碗米粉，加了料，但吃来总觉得寡淡得很。朋友圈里，北至帝京，南至柳州，东至魔都，西至重庆，各路朋友纷纷留言相劝：“一定要到街边去吃长沙粉！”“我回长沙，顿顿吃粉都不够！”甚至，柳州的朋友还发来她的长沙朋友联系方式，建议让他带我去吃正宗粉。这也足见长沙粉和我路边美食达人的影响力。

吸引我的是“巡游湖湘”群里的长沙群友留言，有一家津市牛肉粉店，味道相当不错。

“津市牛肉粉？”我孤陋寡闻，竟然不知津市牛肉粉是湖南最有名的小吃之一，还以为津市牛肉粉是长沙粉的一种呢。

我搁下碗筷，从宾馆匆匆赶向群友指定的那家津市牛肉粉。它其实就是一家普通路边店，按成都人的说法，是苍蝇馆。我到时，正是早点档口，人不少，好几位群友正在吃粉。一位江西的朋友已经吃完，问我吃什么。我不懂，顺请他帮我推荐。

朋友对粉特别熟悉热爱，老练地对我说，粉有圆粉扁粉之分，津市牛肉粉么，正宗要吃圆粉，码子加牛肉。你要吃麻辣牛肉么?

我点点头。

嗯，麻辣牛肉够劲，配津市圆粉合适。要鸡蛋么?

我摇摇头。牛肉、鸡蛋、青椒肉丝、牛杂、腰花等，都是菜码。我只选了麻辣牛肉。

津市牛肉粉是烫粉，就是把粉放在漏勺笊篱里搁锅里烫熟——这我在罗城和柳州都有了经验，边上一锅是高汤。

一忽儿功夫，老板娘把烫熟的粉倒进碗里，舀了一勺高汤，然后挖了几块麻辣牛肉，放在粉的表面，递了过来。

我接过碗，到边上的小桌子上，加小菜，有酸豆角、酸菜、咸甜的菜瓜萝卜、咸辣萝卜碎粒、蒜末、香菜、干辣椒、剁椒等。这是湖南人吃粉的必备伴侣。我加了些菜瓜萝卜、酸豆角、酸菜，犹豫之后，又加了些蒜末。这是我第一次在粉中加蒜末。除了考虑蒜香味外，我还抱有个私心，万一肠胃不适应，这蒜末多少也可以消毒一下……

坐下，跟朋友们打完招呼，朋友们纷纷夸这粉好吃，我又点了些醋进去。在茅台吃羊肉粉时，我的朋友羊肉粉死党高嵩建议我稍微加些醋，可以提味，这跟做一些菜道理一样。

我先喝了口汤，鲜，带着辣咸。挑了一筷子粉送进嘴里，舌尖上翻滚了几下，吞下，便迅速地继续动手了，虽然比不上刘长说的“光速”，但也是风卷残云，最后把汤也全喝了，正好赶上比我先吃的群友的进度。

帮我买粉的朋友问我味道如何。我说不错，但没有说得那么好，有些汤粉两隔的感觉。朋友点头说，烫粉普遍这样，要汤粉一体，还得吃煮粉。这跟我在广西罗城吃粉得出的经验一致。不过，总体而言，这家味道还是不错的。

一碗粉下肚，昨晚的宿酒迅速消解，满头大汗，头发连根都湿了，身体精神一下子复原了。

接下来的早上，带着宿醉的我冒着零星小雨，独自一人继续去吃津市牛肉粉。有了昨天的经验，我轻车熟路点了圆粉，不过这次菜码点了牛肉，不是麻辣牛肉，还加了一个鸡蛋，总计 12 元，小菜与头天一样。跟昨儿一样，依旧狼吞虎咽，迅速消灭了一碗。一碗粉下肚，汗水如雨般地下来，头疼随之消失了。作为酒徒，我总结醒酒的经验，就是微酸偏辣的汤水或面或粉，都有醒酒之功效。在长沙的这两碗粉，再次显示了它们在满足酒徒口腹之外的优势。

当天下午，从浏阳回到长沙，晚上继续与长沙友人鏖战酒局。席间谈起长沙粉来，华声的 Z 总告诉我，津市牛肉粉以牛肉和圆粉为主，这是历史形成的。津市牛肉粉可追溯到清朝雍正时的“改土归流”政策，有一支新疆维吾尔人迁居今湖南津市附近地区，他们吃牛肉和面，但湖南以大米为主食，找不到面条，定居此地的维吾尔人便以当地原有的米粉，想法做成面条状，充当面条的替代品，并加牛肉，创造了最早的牛肉粉，并逐渐在湖南传播开，津市牛肉粉的来历大致如此。当然后来也有了许多改造，包括码和小菜，味道与过去已经有很大不同了。

湖南广电的N总是河南人，在长沙生活已经二十多年，我对在长沙吃的津市牛肉粉的夸奖，他有些不以为然。N总是粉的死党，他告诉我，湖南的米粉是以隔夜的米粉做成的，发酵做成粉的环境，以及烫粉用的水，与本地米粉质量有莫大关系，所以，在长沙，最好吃的，也最适合长沙风土环境的，一定只有长沙粉。津市牛肉粉，最好吃的一定要去津市，在长沙，最好吃的一定是长沙本地粉。

“这样，晚上喝完酒，我带你去尝尝真正的长沙好米粉。”N总说。

N总的说法有一定道理。就像做酒，同样的工艺，同样的材料，在不同的地方，做不出相同的酒来，这点，做酒喝酒的人都知道，所谓一方水土而已。

酒局散后，已经好长时间决心晚上不吃主食的我，跟随N总前往长沙坡子街，一家叫肆姐面粉馆的店。N总给我点了长沙粉，扁的，就像面条，加了一个蛋，我加了醋，一尝，舌尖上一过，味道已经明了。虽说与津市牛肉粉配上多样小菜的味道多样性相比，这碗长沙粉味道略显单一，但却更专注，是另一种风格，确实不错。三下五除二，我迅速把这碗米粉连汤带粉消灭得干干净净。被龙虾牛蛙辣椒和烈酒酸梅汤侵蚀的肠胃，迅速舒服起来，尽管肚子似乎又圆了一圈。

我抚摩着撑满的肚子，连说不错不错。N总和他的朋友们满意地笑了。“我到长沙起就在这家店吃了，都吃了二十多年了，这家店越来越火，也是一种证明啊。”我点点头。确实，时间是最好的裁判。

离开长沙的早上，我下楼问前台，附近可有正宗长沙粉。服务员想了下说，地铁口附近右拐，马路对面有，最有名的粉店叫刘聋子。我谢后出门，在宾馆前马路边，遇见一对老夫妻，再次相询，老夫妻指着不远处的地铁站说，对面有好多家粉店。我谢后赶往马路对面，寻了一圈，没找到刘聋子，但津市粉、长沙粉或其他粉店紧挨着有好几家，都有人在门口的小桌边坐着。犹豫之后，我挑了一家津市牛肉粉，要了份牛杂圆粉，小菜较头两天吃的多了海带和腐竹，而这也是我喜欢的，还有甜萝卜片，加上各式小菜，总计 12 元。这一碗牛杂粉，是我这几天吃的粉里，感觉最好的一碗，这个判断，不知道与我这个内脏拥趸是否有关。作为走南闯北，口味早就偏重了江南人而言，这碗牛肉粉，让我得以生龙活虎地离开长沙，结束自己的长沙酒战。

在高铁上，当我面对 45 元一份的高铁餐时，我特别想念此次在长沙吃到的那几碗粉，无论是津市牛肉牛杂粉，还是长沙粉。

粉是南方真正的人民的饮食。下次来湖南，一定好好尝尝各地的特色米粉，争取成为一个粉党。

苏墅桥五年卤菜之约

大概是五年前，因故与一众朋友到江阴新桥的海澜集团。吃饭时聊天，聊及我对卤菜的喜爱，海澜集团的副总裁江南一下子就像遇见了故知。江南也喜欢卤菜，那些卤过的猪头肉，猪耳朵，大小肠，猪肝，猪尾……我们迅速沉浸在对卤菜美味的美好记忆和叙说中。

江南告诉我，新桥附近有一个镇，镇上有用老汤——据说有几十年了——卤过的猪头肉之类，味道绝赞，他经常去那儿吃。“不过，一般客人会嫌弃环境卫生条件差，只有真心喜爱的人才过去，而且，生意不错哦。”

那一次，因为行程安排，我未能前往江南说的那个小店尝尝那里的卤菜。

后来每次喝酒吃卤菜的时候，我都会想起江南给我推荐的江阴新桥镇附近的卤菜，几次回故乡，心心念念，都想去一趟，只是这些年回家，都是被故乡朋友的酒局缠绕，而自己又好几年不开车，一直不能前往。

熔断自己的媒体生涯后，我曾在江乡走了一圈，车过新桥镇，肚子里贪吃的蛔虫很不争气地搅动起来，让我再次想起了江南向我推荐的新桥附近的老汤卤菜。但行色匆匆，只好在车上望新桥而叹息。

两个月后，再赴张家港，这次有了空闲，离新桥又近，遂问江总卤菜所在。江南说，第一次去的人肯定找不到，店都没招牌，他在外赶不回，安排别人带我去。

我后来才知道，这个地方离新桥不远，地名叫苏墅桥，顾名思义，苏氏曾寓居于此。店家告诉我，这桥过去叫“活人桥”，桥的另一头曾是粮站，历史上曾开粥店，周济周边饥饿，后来传说从桥上不小心跌下河里的人，也从未有淹死过的。

江总推荐的卤菜店就在苏墅桥桥头不远处，确实没招牌。我到的时候，乡下的饭点早开始了。这家店里，门口两桌，一桌客人正在吃饭，一桌闲着，边上是厨房，改造过的，还不错，算很干净了。进入明堂（庭院），墙根放着一盆色泽浓烈的卤水汤，边上是刚卤出来的肠，看上去，确实是老汤。弟弟跟乡下大厨学过厨艺，他跟我说卤菜一定要用老汤，才入味，味道足，所以，有传统老汤的卤菜，味道就是好。

过明堂，是三间屋子，跟我们乡下农村结构一样，屋子里摆放了桌子，一个屋里桌子上杯盘狼藉，大概吃完午餐客人走后，还未来得及收拾。

我们被安排在另一间屋里，江总的朋友已经把卤菜点好了，卤猪尾巴、猪头肉、猪耳朵、猪肝、猪大肠，还有塞肉的面筋以及素鸡。

原来，这个店有近四十年历史了，一开始就做卤菜，所以卤菜汤是老汤，有年头了，后来女儿接了父亲的班，跟家里人一起继续做老汤卤菜。客人大多是熟人回头客。也是，一个连招牌都没有的馆子，如果不是回头客，怎么能坚持了近四十年！

我们坐下，迫不及待地品尝卤菜，这些卤的猪头尾，味道确实不错，是老汤卤的味道，而且面筋和素鸡也不错。筷子一动，我就歇不下来，成了消灭这些卤菜的主力。虽然菜点了不少，但属于真正的价廉物美。当然，他们店里素炒的草头和韭菜炒鸡血，也是相当的赞。

其实，店里的卫生条件比我想象的好多了，就跟我老家家里类似。即便是同桌爱干净的女食客，也说以后还要再来。

“良会若同鸡黍约，暂时不放酒杯空。”唐代诗人唐彦谦有诗云。快吃完的时候，江南给我电话，抱歉不能赶回来陪我。但他也很高兴我一直记着他给我推荐的美食，这些年都没忘记，下回一定一起好好在此喝一点。

是的，一点卤菜，念兹在兹五年之久，不爱之人，怎会如此？

“君归赴我鸡黍约，买田筑室从今始。”苏墅桥畔，苏轼《送沉逵赴广南》这句诗，对我来说，也甚是妥帖。

生生记包子铺

好久没出去吃早饭了。今日下楼，去附近的生生记包子铺，要了一个鲜肉包子，一碗鲜肉馄饨，总计 10.5 元。

已经八点半了，小小的包子铺依然很忙碌，依然很多人，有在铺子里吃的，有等着打包带走的。

与过去不太一样的是，原来通常摆在柜台外面的一大桶新熬的滚烫玉米糊不见了；咸菜由炒过的换成醋泡的——当然，我个人更喜欢醋泡的；免费的生黄瓜小菜不见了——我从未要过；菜牌上，除了原有的菜品，多了一溜各式面食。

生生记升级了。

我是 6 月上旬发现这家店的。

当时自江南归来，突然发现，附近开了个早餐店。自从清理街巷后，附近的早餐小店大体消失了，除了传统的庆丰包子和肯德基等，但这些都不

▲生生记包子铺

是我的菜，我喜欢中式早餐，毕竟是中式的胃。尽管庆丰包子是中餐，但我过去对庆丰包子的评价，充饥可以，江南任一个乡镇的包子都甩它几条大街。在北京这些年，庆丰包子铺从未让我喜欢过。

早上锻炼完，回家时经过这家叫生生记的包子铺，我硬着头皮进了门。此时还不到 7 点，人不算多。我尝试着要了一份炒肝，15 元。另

外要了一份玉米糊，点餐的小姑娘说，玉米糊自己打，免费。

炒肝的量很实在，里边的料也很足，比早先路边摊好了许多，当然，价格也高。不过，对于我这样喜欢内脏的老饕而言，味道只能算差强人意，凑合。倒是这碗免费的玉米糊，加上咸菜，味道很好，如果有酱豆腐的话，更好，让我想起了 20 世纪 80 年代中后期人民大学食堂的玉米糊味道，虽然人大食堂的玉米糊要比生生记的这碗粗粝的多。

总体上，我对这餐早点是满意的。

第二天锻炼之后，我还是去了生生记，点了三个鲜肉包，要了一碗免费的玉米糊。鲜肉包 2.5 元一个，但味道比庆丰的显然要好许多，我是比较满意的。吃完鲜肉包，用免费的玉米糊顺顺，感觉比炒肝搭配玉米糊要好，然后抚着肚子，心满意足地离去。

后来去，我又尝了小店的牛肉包，5 元一个，很不错，姑娘吃后，也很喜欢。鲜肉包还没出笼时，我也会用香菇肉包替代，价格一样。我还尝了小店的肉馅馄饨，8 元一碗，味道也不错。

我自己去这家店的时候，都是在早上锻炼之后，大多数在 7 点之前，这个时候，客流还没上来。不过太早也不行，我曾经 6 点半前锻炼完去，不好意思，要等到 6 点半后。7 点以后，小屋里就会人满为患，上学的，上班的，附近给家人买早餐的，都会来，屋里便找不到坐的地方。这个点儿，我总会遇上一群穿着同样制服的女职员，大概是在附近超市上班的，一群群，都在这里吃早饭。偶尔，我会在 8 点以后去，比如今天，虽然客人也不少，但与我过去遇见的高峰期相比，不可同日而语。

我后来跟太太介绍了这家店，带她去吃了，她也觉得不错。我们一起早锻炼后，总是到这小店吃饭。偶尔，我忙没时间，会让太太下去买了带回家。

有一次，我们俩去吃早饭，遇到一次奇葩。店里坐着一个胖大女士，不点餐，非要吃免费的玉米糊，这是霸王硬上弓的架势，人家免费，是点单为前提的。这女子看样子不是善茬，躁郁，而且感觉精神状态不太一样，看样子是犯了事未必要承担全部民事责任的人，弄得店家的伙计和站柜台的小姑娘很没脾气，其他客人都躲着走。

这个没消停，又遇上一事，因为人多地窄，一个打玉米糊的女士被另一个女士不小心撞了，那个女士是被另一个男士挤了一下，后果是，玉米糊洒在手上，给烫了，可能烫红了。男士悄悄溜走了，被烫的女士拉着撞她的女士，要说法，尽管那个女士也道歉了，伙计和周边人也帮着做鲁仲连，但被烫的那位依旧不依不饶。

撞人的女士最后急了，不睬了，一挣脱，掀开门帘，扬长而去。被撞的女士，坐下来打电话报警，要店家负责。后来处理的结果我不知道，但我和太太聊起来，开个小店实在不容易，什么人都会碰到。

第二天早上，我继续去，正常营业。老板恰好坐我对面吃早饭。老板长得有点像我的朋友王志安兄，连脖子一梗的劲儿都像，不过老板是东北口音。跟他聊了聊，他问我怎么样，我表扬了小店的餐品。他最后说，觉得好吃，常来。

遇上那个胖大女子要免费喝粥后，我就觉得玉米糊免费的日子就要走到尽头。因为我遇到过几次附近的老人，拎着很大的饭桶，点完后带走。果然，有一天太太回来告诉我，玉米糊不免费了，一元钱一份。嗯，预料之中。

糊粥免费，其实本是小店用来招徕客人提供更好服务的。我在老家时，朋友告诉过我，老家湖塘镇上的故乡风味馄饨店老德安，是湖塘第一家提供免费糊粥的餐馆，生意很好，后来许多店都学它家。但是，免费糊粥，也需要客人自觉适可而止。我只是没想到，连这样的小店的免费糊粥，也会遭遇海外旅游城市自助餐遇上中国游客的命运。

虽然小店的玉米糊不再免费，但我还是会继续去吃早餐。毕竟，它的味道价格还在，是我喜欢能接受的。

平凉的暖锅

7月下旬随中国国家地理风物之旅前往甘肃平凉，在静宁吃到了一顿据说是静宁特色的暖锅。这是东道主特意为我们这群饕餮之徒安排的。

暖锅火锅是中国烹饪的传统，自古有之。今年早些日子买了清时乡邑前辈钱泳所著《履园丛话》，其《鬼神·祭品用热》一节载暖锅源自远古之祭器，后来才演变为冬日烹饪之法：

> 考古之鼎彝，皆有盖，俱祭器也。其法，先将牺牲粢盛贮其中，而以盖覆之，取火熬热，上祭时始揭盖，若今之煖锅然……余家凡冬日祭祀，必用煖锅，即古鼎彝之意。

作为老饕，我得承认，虽然我吃过各种火锅暖锅，打过各种边炉，按地域分诸如川渝风味的、岭南风味的、江浙风味的、北京风味的，等等。但这大西北的暖锅，确实是我第一次吃到，与前述我吃过的各种火锅做法有些差异。

静宁的暖锅，是熟菜热吃。其他地方的火锅，绝大多数都是生菜熟吃，典型如岭南的打边炉、江浙的烫火锅、川渝京的火锅，都是生菜放入烧开的热汤中烫煮热吃的火锅，全程都得保证锅汤烧开，以便烫煮食物。但我曾在北京郊区的小村里，吃过一次，其与静宁暖锅有些类似的做法，但与静宁吃到的全是熟菜不同，北京郊区的本质还是火锅，只是底料加得比较足，后面还是以烫煮为主，所以，静宁的熟菜暖锅，算是我第一次吃到。

静宁的暖锅，用的是陶土砂锅，与川渝京城及其他地方的铜铝铁火锅都不同，虽然它也带个烟囱，也会用上木炭。就锅本身的材料而言，陶土砂锅可能比其他火锅更古老。我在广西仫佬族看到过旧时的陶土锅罐，白居易的《问刘十九》诗里，“绿蚁新醅酒，红泥小火炉。晚来天欲雪，能饮一杯无？”，红泥小火炉，应当就是陶土罐类的吧。

暖锅里满满地码着一层层的料，则是全部提前做好的熟菜。这些菜荤素搭配，最上层码了一圈色泽鲜艳的五花肉片，大小厚薄相似，是精心制作好的，一看就会让我这样的食肉动物食指大动。主人介绍说，这一圈五花肉下面，有肉丸子、排骨、豆腐、豆芽菜、粉丝等，最底下是酸白菜和萝卜片，用的是炖好保温着的鸡汤。当时我们几个分析，用酸菜和萝卜片衬底，或许可以防止其他菜粘锅，满满的一砂锅摆在桌上，热气蒸腾，香气四溢，看着就想动筷子。本来这锅跟其他火锅不一样，上桌就可以吃了。

与其他火锅不同，静宁的暖锅没有蘸酱，也无需蘸酱，因为锅里的荤菜

▲平凉的暖锅

和鸡汤，已经将其他菜品的味道浸淫得非常鲜美可口了。吃的时候，一边吃一边加高汤。鸡汤的鲜味浸淫，混杂着锅里的各式荤素菜味，使锅里的荤素菜品非常滋润可口，真所谓“百味消融小釜中”。像我这样的老饕，无论天气凉暖，遇上这样一口锅，实在是一种口福。

平凉吃到的暖锅，就是我曾经希望北京的暖锅能够达到的——荤菜要足，汤汁要浓烈。这样，无论荤素菜式，都能鲜美均沾；无论下酒还是就饭，绝对是好东西。

不过，略有遗憾的是，静宁的暖锅于我而言，菜品还是少了些。其实像我这样的人，还喜欢放土豆、冬瓜、海带、蘑菇、青笋、竹笋，豆皮之类，那些火锅里可放的所有素菜，放这里味道更好，当然也可以放猪大肠、鱼片等。不过，这是个人之见。当初在静宁围锅而论时，我曾感慨，到最后若有把青菜放进去，那就更好了。虽然静宁暖锅的炉火只是保温，但加上热鸡汤，烫个青菜应该是没有问题。若是冬日，可以放些豇豆干、莴笋干、笋干、萝卜干等存储菜衬底。

我们在静宁吃暖锅，是在炎炎夏日。平凉的朋友介绍说，在甘肃，在平凉，通常每年秋冬季天冷以后，一家人围在一起吃暖锅。这是一种带有仪式感的家庭宴饮，尤其是过年必吃。所以算得上是大餐了。暖锅里的每道菜，跟我们江南大年三十上的菜一样，也有类似说法，无非就是讨口彩，比如团团圆圆等。寒冷的冬天，忙碌一年的家人围坐一起，满满一锅子菜端上桌，慢慢享用，菜香飘溢，暖意满屋，温暖着每一个围炉而坐的人，这是暖锅的核心价值。

熟菜热吃是暖锅的特色，大食客袁枚不喜欢这样的吃法。他在《随园食单》里说，“火锅对客喧腾，已属可厌，以已熟之味复煮之，火候亦失”。但是，宴饮是个人的口味感觉，也大可不必把袁枚的话当圣旨宝典。我就喜欢暖锅的吃法。

想想，屋外北风怒吼，漫天大雪之时，屋里一口暖锅，或全家，或三五好友，一盅酒一筷子菜，摆着龙门阵，最好边上还有苍凉激越的秦腔相伴，那就完美了。这种感觉，像我这样从江南到西北的行旅之人，一定会沉醉而忘了江南。

当时在平凉，我发了一张静宁暖锅灶图片的朋友圈。有朋友留言说，庄浪的暖锅最好。如果有机会冬日去陇东，我一定要好好听风围炉把盏吃暖锅！

常州，寻常人家的不寻常江鲜味道

常州周边的江鲜馆，从常州到江阴靖江张家港，我吃过好多家，只有两家，留下了深刻的印象：一家在张家港的江边，菜自然不错，吸引我的还有楼上可以远观江景；另一家，是我 2019 年深秋返乡发现的，叫凡凡江鲜馆，在常州新北区的春江镇圩塘。

老友王昊的外甥曹佥，也喊我舅舅，是年轻一辈非常优秀的企业家。他知我是嘴馋的老饕，每次回家都要寻访本地美食，常请我这个“冒牌娘舅”喝酒，当然，正牌娘舅作陪。这次回家，他让真娘舅出面，请我吃江鲜。曹佥打电话给我说：“娘舅，这个江鲜店好透佬，我吃过几次，娘舅回家，我请你去尝尝。”这里是江鲜和羊肉一起烧，那晚的夜宴被命名为“圩塘羊肉江鲜”。

羊肉和江鲜一起配烧，我还真没吃过。曹佥告诉我，他有一次去新北圩塘一家店吃羊肉，发现邻桌在用羊肉锅烧蟹虾，一聊，才知道邻桌客人是开江鲜馆的，每次过来吃羊肉，都自备江鲜，将两家不同的特色店结合，成了一种新吃法。后来，曹佥发现凡凡江鲜馆的江鲜做得很好，而且可以预订那家的羊肉锅送来，这就吸引了他。

“娘舅，你一定会喜欢”，曹佥信心满满。

从我乡下老家到圩塘，得有三十多公里。我们到江鲜店时，时间早已经过了 7 点。即使在北京，也算是比较晚的了，遑论在常州的乡下。一般乡下，晚上 5 点多就吃晚饭了。

汽车跟着导航，拐了几个弯，到了一个灯火闪亮的村镇，近了可见一个霓虹招牌——“凡凡江鲜馆”，很普通的江南乡镇那种店招牌。年轻的店老板凡凡，就在门口候着我们。

与我记忆颇深的张家港那家江鲜馆不同，凡凡江鲜馆离江边很远，大约有四五公里，既望不见江景，也没有那种大馆子的奢华豪阔，而是开在一个镇上一座普通居民楼里。这楼，就是凡凡家的房子，外面看就是一家寻常人家开的小馆子，这倒是很符合我这个路边美食达人的口味。

大厅里一层，除了散桌，主要是摆放着水产饭馆里常见的玻璃水缸，里边养有各式鱼虾蟹，以江鲜为主，还有其他。

我们进到包间时，桌上已经摆满了各种凉菜。菜色是曹佥请老板凡凡安排的，主菜就是圩塘江鲜羊肉。当然，羊肉是附近另一家以烧羊肉为主的店里送过来的，江鲜则都是自己捕捞的。凡凡家是世代渔民，现在还有带证的渔船，自然食材不同于其他酒家。

先说当晚的鱼，晚上有四盘江鱼。

第一盘是红烧乔丁鱼。乔丁鱼的原产地是在长江边一带，属于本地水域的江鱼，每年秋季产量最大。乔丁鱼外形有些像河湖里的激浪鱼，但与激浪鱼相比，刺要少，肉还要硬一些，不过，肉硬是相较激浪鱼而言，其实还是很细腻的，味道鲜美。

第二盘是红烧梅子鱼，肉嫩刺软。梅子鱼海里最多，长江梅子鱼属于长江口岸洄游的淡水鱼。如同江刀比海刀珍贵，江河里的梅子鱼也比海里的梅子鱼要量少而珍贵。

第三盘是红烧江鲈。鲈鱼个头要比乔丁鱼、梅子鱼大许多。鲈鱼大家熟悉，是中国著名的淡水鱼，不过，其名最著者，当是张季鹰的“莼鲈之思”，让季鹰思归的，应该是松江鲈鱼，如今大约已然绝种了。不过，秋日回江南食江鲈，也当合了季鹰之思，易让文人墨客在美味之外更有想象。

第四盘是白烧石扁头鱼。石扁头鱼全身无鳞，头扁圆，外形有点像鲶鱼或昂公，和洄鱼乔丁鱼都属于本地水域的鱼，其肉也像鲶鱼和昂公，肉多，刺少，不过肉质比鲶鱼细嫩鲜美。

这些鱼红烧清蒸烧腌菜都可以，但我习惯了红烧和与腌菜一起烧的口味，最适合下白酒和黄酒。也有人喜欢油炸的梅子鱼乔丁鱼，味道也不错，而我个人饮食习惯，觉得油炸后下酒虽美，但肉质一经油爆炸，已吃不出独特性来了。

在红烧乔丁鱼中，夹杂了两条刀鱼，不知是湖刀还是海刀，抑或是江刀？常州喜清蒸，靖江爱红烧。江刀是稀罕之物，这些年产量日低，价格暴涨，明年，或许就不能吃到江刀了，因为禁了。

江刀在清明前食最佳，李渔说它是“春馔妙物”，钱泳说它是“开春第一鲜美之肴”，总之，宋以后，江刀是文人食客的春日妙品。虽然是过季刀鱼，但如今仍是稀罕之物，一条被我一位朋友夹走，剩下一条，众人皆劝我夹进餐盘。好意难却恭敬不如从命。

吃刀鱼时，我突然发现，竟然刀鱼腹中有寸长细细的鱼肠！钱泳在《履园丛话》“治庖”说到刀鱼时，除了“开春第一鲜美之物”外，后面还跟了一句“而腹中肠尤为美味”。但我过去吃刀鱼的生涯里，从来没有吃到过刀鱼鱼肠。自读钱泳之书，有机会吃刀鱼河豚之时，我都会问江乡大厨圣手，为什么钱泳说刀鱼鱼肠味最美，却从来没人吃过刀鱼鱼肠？从常州到扬中，从江阴靖江到张家港，没有人回答我的问题，自然，他们也不知道钱泳是谁。

钱泳是清金匮（今无锡）人，曾游毕沅幕中，工诗词、篆、隶，精镌碑版，也善书画作印，虽是幕僚，却也是见过世面之人，其所记自然不会没有出处。

今日这一寸长刀鱼鱼肠，滑腻肥美，其味远胜鱼肉，惜很少，不解馋。凡凡说，渔民都知道刀鱼鱼肠能吃，但一般渔民都不会去吃，太过麻烦，拾掇刀鱼时不剖肚，处理内脏，都是筷子从刀鱼嘴里插进肚子，一卷一拉，把拉出的内脏都扔了，听学东兄弟一说，看样子以后我得好好琢磨一下了。自此，对于钱泳所言的心中积憾，因此得解。此为今晚最大收获，尤甚于美味。

从另外的羊肉店叫来的羊肉烧法，与我们武进南边带皮青蒜红烧不同，与孟河夏溪做羊肉膏再烧羊汤也不同，是切块炖汤，这在我老家那边，只用猪蹄肉圆做。但是，圩塘在江边，江边多滩涂，宜养羊，羊肉质量好，吃法虽然粗犷，倒也鲜美得很。尤其是吃完之后，放进活的江虾和切块的江蟹，一起炖煮，合了“鲜”字之鱼羊之鲜，味道尤其鲜美。

席上当然还有其余各色菜品，尤其秋日，蒸螃蟹也是相当应景。不过，凡凡告诉我，江蟹放羊肉汤锅可以，单独蒸还不行，远不到时候，还得一个月。席上的螃蟹，有友人一吃就发现不是本地蟹，而是高淳的螃蟹，我很佩服。凡凡解释说，本地蟹也还不到时候，这些高淳蟹都是他一只只挑出来的。

若是冬夜，这些江鲜配着热气腾腾的羊肉锅，三五好友，酒酣之时，耳根说尽功名话，更有味道。

虽然身在河湖之乡，但我对江边渔民的生活习俗并不了解。凡凡告诉我，渔民过去生活苦，圩塘的渔民多是苏北人，凡凡的老家就在高邮，爷爷从高邮过来，落地武进小河，1958 年迁至圩塘新农渔业大队。江边多滩涂，虽苦，易谋生，遂在江南开枝散叶，几代都是捕鱼为生。常州滩里的渔民分两支，苏北迁徙来的一支，还有苏州迁过来的一支，俗称苏帮。凡凡的母亲，即是出身苏帮渔民。江南的女子，纵是渔民，做菜自也不同凡响，尤其做鱼。凡凡父亲好客，母亲善治庖，过去碰到收成好的时候，常会约一些朋友到家吃鱼，一来二去出了名。在朋友们的撺掇怂恿下，凡凡四年前到圩塘街上开了这家凡凡江鲜馆。我们当晚所吃的鱼，全部是凡凡的母亲亲手烹制的。

临走，我跟曹佥说，以后有外地朋友来常州，太湖边上吃湖鲜之地我早找到了，江鲜之地，也有了。要是能够去江边走走，回这儿吃江鲜，可能更好。

很近的，江边可以去，还可以上船去钓鱼，再回来吃江鲜。凡凡告诉我。

好啊。就这样定了。

黄狗猪头肉

去宿迁前，许多知我饕餮习惯的朋友向我推荐当地名吃，第一个皆是黄狗猪头肉。

黄狗猪头肉？我一愣，以为是黄狗肉炖猪头肉。在狗权流行的时代，宿迁有黄狗炖猪头肉的名吃，怎么没见爱狗人士砸锅去啊？

朋友一解释，才知不是我想的黄狗肉炖猪头肉，其实就是一份猪头肉，店名黄狗而已。

原来如此。

黄狗猪头肉是宿迁名吃，黄狗是创始老板的小名。旧中国医疗水平低营养匮乏，婴幼儿死亡率极高——纵是皇家也是如此，所以普通百姓认为小孩名贱易养，阎王不招，都喜欢给孩子起贱命，老板的黄狗之名，大约也是由此而来。相传这猪头肉是清朝乾隆年间所创，据说乾隆下江南时还被“临幸”过，因而名震四方。

中国的地方名菜都喜欢攀龙附凤，一旦传言被龙凤“临幸”，身价倍增。其实大不然，毕竟味蕾是自己的，而且这种传言，都经不起认真推敲，只不过民间就好此道而已。

按照朋友给我推荐的人气热度，黄狗猪头肉大概算得上是宿迁第一名菜了。江苏和宿迁本地网上以及那些美食点评网站，对于黄狗猪头肉的评价都不低，宿迁媒体甚至认为黄狗猪头肉是“一城一味”的代表。既如此，身为老饕，自然希望能够好好尝尝，何况我本身就是猪头肉的拥趸，从小就爱在大年三十傍晚流着口水，围着灶台看父亲拆焐好的猪头，如今的年三十，则是和父亲弟弟一起动手了。

在宿迁，黄狗猪头肉是一位“师弟”带我吃的。他看我常在朋友圈发些路边美食，又看我征询美食推荐，知我心意，所以，他请我的第一顿，就是黄狗猪头肉——请我之前，他并没告诉我要吃这个。

当一口大砂锅热气腾腾地端上桌的时候，主角登场，我期盼已久的黄狗猪头肉来了。师弟请服务员介绍这道宿迁名菜，也是本店当家菜，但服务员腼腆说不上来，经理也只是三言两语简略而过，大意是把猪头肉放在大铁锅里，放进各种调料，姜八角桂皮，以及其他说不上来的料，炖上十个小时，然后背了首据说是乾隆题的打油诗，“黄狗猪头肉，酥鲜嫩烂香。宫中亦未有，海内应无双”，并顺手给了一份宣传册。

我笑笑。什么时候老饕吃饭还要看宣传册了？最好的品评是自己的舌尖味蕾。

猪头肉在一个大砂锅里，冒着热气，锅里的主料，是猪头上拆下的肉块

▲黄狗猪头肉

和切块的猪耳朵，都是我自小的爱。一看色泽，典型的浓油赤酱——其实宿迁不是江南，菜品据说糅合了淮扬菜和鲁菜的风格，暗红泛着亮色，油汪汪，肉香随着蒸腾的热气四溢，非常诱人。

伸出筷子夹一块肥猪头肉，口感细嫩柔滑，肥而不腻。接着翻夹一块猪耳朵，如丝顺滑，夹杂着脆——脆是猪耳朵的特色。

一大砂锅浓油赤酱的猪头肉，其他宿迁的朋友似乎吃得不多，就我和师弟两个最胖的人，吃得最多，一筷接一筷，还讨论说，最好吃的是猪耳朵，应该多放。而且，我们都认为，这猪头肉配米饭，比东坡肉更好，而且一定要带着猪头肉的汤汁！

我家也炖猪头肉，叫“焐猪头”，与宿迁的黄狗猪头肉切块炖熬不同，我们是拔完毛洗好后，把整个猪头放在灶台上的大铁锅里熬炖，通常三四个小时，不如熬炖黄狗猪头肉的时间长，也从不放八角桂皮大料，而且是白炖，只放米酒和姜片，不放酱油和糖，有时放些白萝卜，那是顺手而已，炖出的萝卜特别鲜美，然后捞出来，把肉拆下——俗称拆猪头，切块装盘，边上放上一碗酱油，就成了年三十晚下酒的当家菜，非常鲜美。不过，可能因为炖煮时间不若黄狗猪头肉那么夸张，不会那么酥烂，但吃起来口感非常好，是与黄狗猪头肉不同的另一种风格。

据说黄狗猪头肉有不传之秘，放了好多中药。对于放中药这种做出传世名菜的说法，我向来也是不信的，放了好多中药熬煮出的食物要是好吃，那吃的是药罐子，而且得捏着鼻子吃——中药都有异味啊。不过是营销说辞而已，跟乾隆的打油诗故事一样。

其实，我和师弟讨论认为，黄狗猪头肉味道吸引我们的地方，不过就是一个法宝：火候——炖煮的时间和火候。

我说，回头，我回家焐猪头时，多焐些时间试试。

现在很多人以所谓现代健康观，拒斥这些食物，怕油腻。这种保命哲学，真是错过了多少人间美味，还保不了什么，可惜了。不若我这等饕餮，馋过了，吃过了，也是一生一世，值得。

一块猪头肉酒一口，古往今来多少事，都付笑谈中。

下回去宿迁，还要吃猪头肉。

来安的全鸭宴

不久前，在滁州来安县下面的雷官镇，吃了一次全鸭宴。

所谓全鸭宴者，不外乎就是每道菜，都是鸭身之物当家，无论荤素。

通常，做“全某宴”都与地方特产相关，按今天的官话，就是有地理标志产品。比如，1994 年我在淮南曾经吃过“豆腐宴”，淮南世传是中国豆腐的发源地，豆腐宴，自然每道菜跟豆腐有关。

按此理解，能置办全鸭宴的地方，自然首先得盛产鸭子，鸭子的质量也要好。但光产鸭子也不一定办得了全鸭宴，要办全鸭宴，还得有财力，有吃货。毕竟，只有在解决温饱之后，才能穷极心思琢磨以鸭为主做出不同的菜品不同的味道。过去的这种宴席，都是达官贵人所专有，现在的全鸭宴，是富足平权的象征。

来安产鸭子，来安下面的雷官镇，以产板鸭闻名——不过我是第一次知道。据介绍说，清时板鸭即已闻名，甚至南京的板鸭也与此有关。

我查清来安县志，关于鸭子的记载只出现两次：一次是物产中有鸭；另一次是关于蝗灾记录，用蝗虫喂鸭子和猪，鸭猪长得快。史料载云："蝗所可用。捕蝗以之饲畜，可获重利。陈龙正曰：'崇祯辛巳年，嘉湖旱蝗。乡民捕蝗饲鸭，鸭最易大而且肥。又山中人养猪无钱买食，捕蝗以饲之，其猪初重止二十觔，旬日之间肥而且大，即重五十余觔。始知蝗可供猪鸭，此亦物性有相宜者矣。'"及查雷官镇历史，方知历史上雷官镇旧属江苏六合，1949 年后区划调整，划归来安，且雷官镇距离南京极近，我自然也就明白了南京板鸭何以跟雷官镇有些亲缘关系。南京的板鸭，可是和北京烤鸭南北双峰并峙的。雷官镇在大树底下，也以板鸭闻名，也是用麻鸭做的。

中国人有食补的传统，认为鸭子吃的食物多为水生物，其肉性味甘，有滋补养胃之功，体内有热的人适宜吃鸭肉。不过，最佳吃鸭季节，当是秋季。鸭肉旧时也为皇家看重，清康熙乾隆两帝下江南，至扬州起，其御制食单中鸭制品为多。可见鸭虽在江湖，却常被皇家惦记。

我喜欢吃鸭肉。鸭身上但凡能吃的，我都喜欢，从头到脚，从外到里，无一不欢，比吃鸡肉更欢。

我不是第一次吃全鸭宴。我在北京，吃过京派的全鸭宴。正如京派的全鸭宴不是烤鸭宴一样——烤鸭可以一鸭三吃，但梁实秋认为这是噱头，应该将鸭架带回去自己熬汤才好——雷官镇的全鸭宴，自然也不是板鸭宴，而是每道菜都以鸭为原材料，用鸭的蛋、舌、心、头、肝、胗、掌、肠、脯、翅、腿等为主料，佐以其他，烹制出不同的菜肴。

这次的全鸭宴是来安的朋友准备的，所以，上什么都是客随主便。

凉盘有咸鸭蛋、卤鸭头、鸭掌、鸭翅、鸭脖、鸭胗、鸭舌及雷官板鸭、盐水鸭和酱鸭等，除了鸭的不同部位，还有不同做法。

红油咸鸭蛋，鸭蛋黄大，蛋白很少。至于鸭舌、鸭头、鸭翅等，都是下酒美味，我开玩笑说，应该打包，晚上坐路灯下就着冰镇啤酒宵夜。雷官板鸭、盐水鸭、酱鸭等，则略偏咸，也适合晚上下酒。其中任一道菜，在平时足以让人逍遥快意，但一起上，却难免有叠床架屋之感，尤其是中午。

热菜，光鸭血就有两道：一道鸭血汤；另一道鸭血炒小青菜。鸭血汤的做法，加了很多料，比如鸭肉末等，使得血汤更像糊汤，味道不错。若平时，这样一道菜，可饭可酒，但在全鸭宴上，这口味却偏重了，反而显不出来，倒不如采用另外的做法。比如我喜欢我故乡的两种做法，简单，却能在杯盘满桌中跳脱出来——一种是用鸭汤来下鸭血，原味，鲜美；另一种是清汤下鸭血，上桌时滴醋，做成酸汤，冬日可加青蒜末，夏日可加芫荽末或小葱末，色泽味道俱佳，尤其是酸汤鸭血，对于斗酒的全鸭宴来说，既醒酒，更解腻，应是全鸭宴的绝配。

另一道鸭血炒小青菜，我是第一次吃。鸭血有腥味，我习惯的吃法，是用有辛辣味的蔬菜配着炒，比如青蒜等，不过，桌上这道菜不错，咸淡适中，也无腥味。

鸭肉圆子配西红柿小青菜，看着粗犷，但味道倒是很清爽，尤其里边的小青菜及汤，入味，还解腻。但鸭肉圆子我没吃，我也是第一次见到用鸭肉做肉圆子的。

鸭子所有的内脏我都喜欢。鸭心炒杭椒，有些可惜的是，鸭心做得有些老。照理，像我这样的内脏热爱者在桌上，鸭心之类是不可能剩下的。

鸭肠炒芹菜杭椒，看上去相当不错，但鸭肠似乎切得碎小了点，再稍微长一点点，可能更好。到冬天，有青蒜的时候，用青蒜炒鸭肠鸭心鸭胗，放两个小尖椒，那不要馋死我啊。

有一道菜，觉得在全鸭宴中是相当成功的，就是宫爆鸭脯，用青椒花生胡萝卜爆炒鸭肉丁。这鸭肉丁火候掌握得好，嫩口爽滑，咸淡适中，下饭佐酒皆美，本不突出的菜，却突然间在全鸭宴上耀眼起来了。

大菜除了凉菜里的雷官板鸭等，热菜还有三道，一道片皮烤鸭，类似于烤鸭吃法，配的面饼，像是山东风味，我实在吃不下，加上我对烤鸭本身兴趣不大，未动手。

另一道则是鸭煲，就是侉炖鸭块，色泽红油，咸辣味，有土豆垫锅底，上面有一把香菜。这是一道极其下饭的菜。搁平时，我就用这鸭煲的红汤浇饭，对付三碗白米饭没问题。尽管动手的人少，但我喜欢。其实，要是在晚上，就这一小锅红汤鸭煲，边上配上白菜青菜粉丝之类，两三个人，无论白酒黄酒，都是惬意的生活，尤其在冬天雪夜，耳根洗尽功名话。

最后一个，自然是老鸭汤。鸭老，汤味才厚。我喝了好几碗汤。

这顿全鸭宴，自然丰盛之极。主人说这样一桌是为十人定制的，我觉得十二人甚至十五人都没有问题，十人桌，按单品菜量以及总菜量，有些奢侈了。嗯，这顿全鸭宴的单品菜量都很足，毕竟，乡野之地，比大都市要实在得多。

总体而言，全鸭宴味道浓郁，略偏咸，菜品虽然丰富，但内容味道也多有重叠，还可以设计得更丰富些，比如，每道菜的肉量适当减少，能加蔬菜一类为配菜的，尽量加些蔬菜之类。这也是饮食潮流。若下回去，倒是愿意自己来点桌全鸭宴，增加些新花色做法，就像我前面提到的鸭血汤之类——当然，主人介绍说，做全鸭宴要提前准备的，这我知道。

此去夏日中午，烈日炎炎，兼之旅途匆促，没喝酒——这大多数都是佐酒的菜，全鸭宴应该有的谈兴没有完全起来，有些遗憾。

曾经皇家席上珍，如今落魄也能享。这是时代变了，物质丰裕社会进步的表征。

相比京城的全鸭宴，那种装模作样的场面货，雷官镇代表了实在厚道，乡土的味道，好吃不贵。我更愿意在天气稍凉一些的时候，再来雷官镇，好好品一顿全鸭宴。

真正的全鸭宴，贵在有良心鸭。

烫粉，柳州的原味

过去到广西，知道广西人爱吃粉。闻名全国的有桂林米粉、南宁的老友粉，以及后来居上的柳州螺蛳粉。但我不知道烫粉，更不知道，烫粉才是柳州粉的正宗，才是柳州的原味。

我第一次知道烫粉，是在广西罗城。罗城人说，烫不如煮，柴锅煮的生榨粉比电炉烫的粉要好吃。我在罗城的宾馆自己烫过米粉，小料也是自己添加，当然食材调料都限制在宾馆所能提供的，感觉味道还不错。

从罗城回转柳州，在烟雨蒙蒙的早上，吃过一碗“净衣派”螺蛳粉（我把高堂大屋、连锁经营以及电商平台的螺蛳粉称为“净衣派”，对应于普通人常去的街角路边苍蝇馆大排档的螺蛳粉，后者我称之为“污衣派”），我跟柳州的大学同学和他的一众中学同学聊起这种美食，奇怪早上很好的店面，吃螺蛳粉者寥寥。各位土生土长的柳州朋友，立即七嘴八舌告诉我，柳州人其实最爱的不是螺蛳粉，而是烫粉。螺蛳粉通常是夜宵吃的，如今最爱螺蛳粉的是学生，普通柳州人早上最爱的则是烫粉！柳州人若早上不吃一碗烫粉，会觉得缺了些什么。同学说，螺蛳粉高中时才有，而烫粉，从小就有！

这我可是第一次听说，爱吃柳州螺蛳粉的陋巷美食家陈晓卿兄似乎也没怎么说过。甚至，我以前都没听说过。即便是在罗城自己烫了粉，听说烫不如煮，还以为只是做法不同，没想到，在柳州人眼里，这烫粉不只是一种做法，更是一种真正的粉。

第二天我要离开柳州，同学说，早上送你去机场的路上，我带你去吃柳州的烫粉，我们喜欢的早餐，真正养我们胃的烫粉，最多花费十五分钟时间。

到了约定的时间，同学接上我，开车去他常去的一个地方。他说，这个地方的烫粉在柳州很有名，生意很好。

烫粉店在一个十字路口的一角，挨着有两家，同学说其实是一家的，跟我去吃的螺蛳粉店类似，也是两姐妹开的。在这里已经开了十八年了。不过，一看这两个店面，是典型的苍蝇馆。烫粉店的墙上，也挂着获奖的招牌。

大概 9 点 20 分左右的光景，两个店面外面，几张小桌子里坐满了人，老板娘的收银台都摆在室外屋檐下。同学带着我去点烫粉，主要是问我要加什么料，也就是肉类配菜，这些配菜的名目大致有卤猪耳、特色猪肺、美味横肝、好味叉烧、卤五花、鲜卤鸭杂、肉片肝肠等。

同学说，烫粉店的配菜大致差不多，他要稍微多放些黄豆。因为爱吃肺，我点了一份特色猪肺。同学笑着说，一般柳州人点特色猪肺相对会少一些，大多会点鸭杂叉烧。不过同学随我一起点了，又加了个卤蛋和两块豆腐，卤蛋一块五一个，卤豆腐五毛一块。由此，价格比正常一份多了两块五，达到了八块五一碗。我很意外，这么便宜啊。

这边点完配菜，左移一步，你的烫粉碗即已摆在窗口，看师傅哗地把烫好的粉倒进加了配菜的汤碗里，端走，到边上。那里摆着酸菜、辣椒、酸汤等调味品，你想味重就多加，味淡就少加，就像在面馆吃面条加酱油或醋一样，烫粉的味道全在卤汁里。在同学的指点下，我见样学样，估摸着给自己的一大碗烫粉加了一些调味的料，端着出屋。恰好老板娘收银台边上的桌子翻台，客人走了，我们俩坐了下来。

同学大概是常客，对这家店很熟悉，告诉老板娘这是外地来的客人，想尝尝正宗的烫粉味道。老板娘说，我们家的烫粉很好吃啊，价廉物美，开了很多年，生意一直很好。

老板娘告诉我，从早上开业到下午四点歇业，吃烫粉的人络绎不绝，“一天大概卖出一千多碗吧”。

这么小的店面，一天一千多碗，我迅速在脑子里盘算了一下，还真是了不起的数字。我恭喜老板娘发财，老板娘笑着说，发什么财啊，这么一碗烫粉几块钱，利薄啊。柳州满大街都是烫粉店，做得不好，生意不好，做得好，利也不厚，赚的是辛苦钱。

我一边吃着，一边听老板娘讲，一边点头。烫粉的味道确实很好，与螺蛳粉全然不同，用的粉与螺蛳粉的细圆粉也不同，是宽的湿切粉。很难相信，一个城市里，两种完全不同的粉、不同的味道会有如此大的差别，却各自有着庞大数量的拥趸。当然，烫粉是早上和白天的市场霸主，螺蛳粉则在夜市称雄，同时撑起了柳州的味道。不过，螺蛳粉就像海面上的冰山之尖，因其高标，更为异乡人所熟悉，烫粉则如隐身在海中的那部分，沉稳而不求闻达。

我在罗城看店家煮生榨粉，是需要几分钟的，而在这家烫粉店时，看点完配菜即已烫出，每天卖出这么多，我问老板娘又如何保证烫粉数量的供应呢?

老板娘告诉我，烫粉不同于煮粉，煮是就像我在罗城看到的，是现场一碗碗当着客人的面加工现煮的，所以要等几分钟时间。但烫粉是已经加工好的熟食材料，从厂里送来即已经加工好，只要再经过烫热，加入高汤，一碗米粉在很短的时间里就可送到顾客的手中，非常方便早上赶时间的客人。当然，每家烫粉店的高汤自然各有自家的独门秘籍。

正因为是烫粉，是加工熟的粉，所以粉本身吃起来有些绵软，不像北方人说的有那种“筋道”的劲。

我在柳州的时候，恰逢连绵阴雨过后，正好是柳州最冷的季节。早上一碗烫粉下肚，从胃暖到身，惬意得很。

我把汤也喝完了，擦擦嘴，满足地道别。抬眼看墙上挂着菜牌，上面写着“18 年老店”。

“确实，柳州人还是最爱吃烫粉，而且是刀切的米粉。在街头，在菜市口，经常出现的一两家灶台墙壁上被烟熏黑的米粉店，只要看到这个，不需要门口挂牌什么老字号，经营准有十几二十几年的光景，走进去，来上一碗，味道绝对不错……”在柳州接待过我的黄老师后来这样给我留言。

▲烫粉

嗯，这样一个店，幸好是在柳州这样的城市，要搁在北京，恐怕早已不存在了。

当我把早上吃的那碗烫粉的照片发到社交媒体上后，谋过面与未曾谋面的朋友纷纷留言：

“是的，烫粉才是当家粉，丰俭由人。”

“烫粉才是柳州人味蕾和胃蕾的遗传基因啊，流淌在血液里怎么都忘不了！”

甚至，还有人根据我上传的没带店名的照片，把我吃的那家店找了出来！

所以，我说，螺蛳粉是网红，而烫粉，才是柳州的原味啊。

思南路的阿娘面馆

“今天中午我带你去吃碗面，叫阿娘面馆，生意很好。我读研究生的时候常去吃，认识阿娘，不过，现在应该是她的小辈在经手了。”

带有几分暖意的冬日里，上海四个小时的探源、访故、寻味、觅书之旅，中午一站，大学女同学双鱼目选了思南路一家面馆。我喜欢吃面，冬季青蒜上市后，我最喜欢吃猪油青蒜面，亦曾在北京后海边上和朋友合伙开过一家叫“见面”的面馆，我和双鱼目就是在这家“见面”相识的，那已经是大学毕业很多年，都已人到中年了。

按照双鱼目最初的计划，她本来要带我去另一家路边店吃面条的，不过，因为“觅书”错过了建投书局（正好赶上它盘点），双鱼目把午餐改在了这家阿娘面馆，因为附近有家思南书店，吃完饭正好去“觅书”。

事实上，双鱼目选择去阿娘面馆是带着感情的。阿娘，在上海话中，其实是奶奶辈的意思。20 世纪 90 年代早期，双鱼目在上海社科院读书，经常到阿娘面馆吃面，“价廉物美，来吃面的人很多”。双鱼目告诉我，那时候，店面不在今天的位置，而在靠近路口处，下面的人，还是阿娘自己。

思南路两侧都是高大的梧桐树，若是晴天，梧桐疏影，自有风景。阿娘面馆就坐落在思南路的路边，它的门脸并不起眼，招牌也是规规矩矩的，门也从双鱼目记忆中的塑料帘子改成了推拉门。从前一到冬天，阿娘面馆就挂上塑料帘子挡风，既沉又硬，手拨开时感觉很不舒服，现在改成的推拉门，轻巧时尚亲民，这也是顺应时代消费需求之变。

推门进去，屋子很小，十来张小桌子，大部分都坐着人，但墙壁和地面很干净，一般苍蝇馆很难保证这种整洁。不过，受西风浸染，上海人向来是最讲究的，哪怕是普通路边面馆。

点单台前，排的队人不多，双鱼目问了我想吃的，让我找个地方坐下，省得一会儿不好找。我找了据说是过去双鱼目常坐的位置，坐下，四处打望。嗯，墙上既有传统风格的挂历，也有饮食店铺常见的菜品招牌，不过做得比较精致，每一幅广告照片都加盖了一个印鉴——双鱼目敏锐地发现了这种变化。毕竟，过去就是一个普通的苍蝇馆，真正的苍蝇馆在这种所谓的文化细节上是不会讲究的。

更大的变化是我发现的，墙上挂着 2017、2018、2019 米其林美食指南的“小红页”！

阿娘是不会去睬米其林这样的东西的，不过，年轻一代有了新的视野，上了米其林指南，食客就会来。

不过，我虽然是游客，而且是专程前来，却跟米其林的游客指南没有任何关系。让我来的，还是双鱼目依然有着记忆的老阿娘的那碗面条。

小小的店堂内，既有慕名专程来吃的青年人，或几个闺蜜，或成双结对的，还有不少一看一听，就是本地的老头老太太。

我在未亲自尝到味道之前，对于路边店是否好吃，有两个标准：一是开业的时间，时间是万物的尺度，美味也不例外；二是本地食客是否多，本地人知根知底，喜欢来吃，有回头客，质量味道自然有独特的地方，至少地道。何况现在物质丰饶，可选择的多。旅游团去的地方，别看人多，饭菜通常最不堪，因为是一次性生意。

双鱼目点了一份黄鱼面，据说这是阿娘面馆的招牌。不过，我对鱼面一直有一种不良印象，怕腥。我自己点了一碗肥肠面，肥肠面是江南面食的标配，好吃，常见，不以奇异食材取胜，简单却讲究，容易判断出水平高下。双鱼目还点了一份鸡毛菜一份咸菜。这些都可以当浇头。

面都是细面，江南人喜欢细面，放了些碱，略微有些硬，这种硬是江南细面的惯常，大多数人都喜欢硬面，硬面才能配浇头和汤。如果面条太软太烂，用故乡的话来说，就是“腻子咯咙咚”，面没型，汤失味，浇头也显不出来。这叫笃烂面，通常剩下的面条第二顿回锅才这样。

我本人是动物内脏控，家父曾经当过杀猪佬，自小对肥肠熟悉。这家店的肥肠做的还是不错的——带着些微的甜，只是肥肠浇头略少，就像上海食物一般地精致，其实我很想加一份肥肠浇头的。

汤是红汤，上面星星点点散着些青蒜末，有些好看，色有了，不过，青蒜末味道没有显现，或许是蒜的问题。

汤味不咸不淡，带着微微的甜辣口，如果加了咸菜，会略咸一些。若是面不错，我通常会把汤喝完的，这是面条爱好者的必然选择。吃面不喝汤，是不懂得一碗面的灵魂。

阿娘面馆门面不大，也不显眼，据说每日却生意火爆。我们是工作日的午饭档去的，吃面时，不断有人进来排队、翻台。双鱼目告诉我，有些日子，要排很长的队呢，还有人开着豪车专门来吃面。

其实，一碗面条，选好料，调好味，用心做，没有做不好的。

木桶烂糊羊肉

“学东大哥，明天我带你去上海的乡下，吃羊肉，苍蝇馆的木桶炖羊肉，非常特别，非常好吃，我相信你一定很喜欢。”

“好啊好啊。”我连连点头。

离开上海的头天晚上，佳峰跟我说。佳峰和我都是从社会底层挣扎奋斗出来的，虽然他是福建人在上海，我是江苏人在北京，但我俩在很多方面，风格都接近，比如饮食都对苍蝇馆有偏好。

第二天十点多，佳峰来宾馆接我，开车去往吃羊肉的苍蝇馆。这一路开下去，开了三十多公里，到了松江叶榭镇的张泽，一个我从未听说过的地方。

查百度，才知道，张泽原也是有些历史的老地方，民国时期与叶榭两区合并，鼎革后区下分设叶榭、张泽两镇，2001 年张泽镇与叶榭合并，共称叶榭镇。

尽管我知道佳峰走南闯北时总是留心地方风物地方特产，但如此偏僻的地方，我还是好奇佳峰是如何找到这里的美食。

佳峰笑着告诉我，当年做生意，仓库在附近，来回跑得多，看到木桶羊肉招牌，又看到吃的人很多。“一大早就有很多人开始坐店里吃羊肉，弄杯本地烧酒就着，很多是本地老人啊。这场景就像我们小时候在集镇上看到的老的生活场景，很让我感慨，于是也就停车点了吃羊肉，一吃，真的很好吃啊。就这样一来二去，我就常常来了，老板都变得很熟悉。”

停好车，佳峰带我到他常吃的一家木桶羊肉店。外面一看，真的是苍蝇馆，破旧门脸，临街墙根杂物乱陈，透过开着的窗户，屋里热气腾腾，狭窄的空间里摆着几张小桌子，挨挨挤挤的男人们，围着汤锅喝酒吃羊肉，都是老人和中年人，看气氛已经吃了不短时间。

进门，狭小的空间里，摆着两张小桌子，屋内右侧靠墙，两个男人围着汤锅在喝酒，边上摆着煮熟的羊肉，两人也是有些脸红了，不知是喝了烧酒还是热汤的缘故。左侧的四人小桌，则暂时空着。

此时还不到 11 点。佳峰笑着跟我说，学东大哥，亲切不?

亲切。我小时候，无论前黄镇还是南夏墅，或者走马塘、港桥老街和馄饨店茶店，都是类似场景。

佳峰带我径直走进不深的后厨，给我指点煮熟已经捞在盆里的羊肉，带皮的，看上去煮得很烂。哦，烂糊羊肉。南方人无论吃什么，都喜欢煮烂的，不知是为省牙还是为什么，这点总之跟北方追求的“咬劲”大不同。佳峰跟后厨要了一盘，又安排给我们准备汤锅。

▲木桶羊肉

从后厨出来，佳峰像在自己家一样，带我去看炖煮羊肉的地方。

炖煮羊肉地方，相当于我们乡下的灶间，一个砖砌的土灶台，灶膛口堆放着煤球，这口灶已不再烧柴火，而烧煤球了。灶台上，一个木桶与灶台上的铁锅固定在一起，桶比通常家用的桶要大，大概能放下两只小羊吧，我猜。桶里有着煮完羊肉后剩下的汤，木桶边上放着一个铝锅，锅里放着煮好的羊肉。灶间的卫生环境，看起来不是很好。

这也是城里人尤其是城里女人不愿到这种地方吃饭的原因，“体面人”通常也不愿意，君子远庖厨嘛。所以，这是普通人，是行脚者，是贩夫走卒热爱的地方。只有这些人，才能真正接受“不干不净，吃了没病”的饮食哲学。

佳峰又点了些羊肚羊肝青菜之类，我们俩在门口坐下，就着茅台，慢慢开吃。

盘子里烂糊羊肉，可以蘸着酱油吃——蘸酱油吃肉食的习惯，我家也有，尤其年三十，大肠猪头肉等都可以是蘸酱油吃，当然也可以什么都不蘸。

我先夹了一块带皮的烂糊羊肉，不蘸酱油，送进嘴里，哇，真是入口即化的感觉，味道略淡，但极其鲜美。接着第二块，我蘸着酱油，入口即化之外，则有了另外的味道，那好似酱油和烂糊羊肉混合的味道，口重者通常会选择后一种吃法。而我，在整个吃饭过程中，都是一口不蘸酱油一口蘸酱油的交叉吃法。

边上的两位男子走了，换成了一家三口，一个年老的父亲，一个盛年的主妇和一个年轻人。主妇热情跟我们说话，说这羊肉好吃吧？木桶炖羊肉，是张泽的特色，她们来自松江，每个月都要来吃，有时一个月来吃几次呢。

吃羊肉，秋冬如果配上羊汤，真是一绝。作为吃货，唯一遗憾的是，这个季节没有青蒜。如果羊汤上面撒上一些青蒜末，味道一定会更美。

我本想去打听用的是什么羊，可惜老板张罗筹建新店去了，其他人似乎都很忙，无暇跟我们多言语，只好作罢。

后来有人在网上告诉我，这其实是苏州藏书的名吃木桶羊肉演化而来，我没有吃过。但无论如何，这张泽的木桶羊肉，虽然环境差，味道却是很能熨帖抚慰我的胃口和味蕾。我跟佳峰说，这才是人民的饮食。

临走，佳峰要了一份羊汤和羊血，要带回去给儿子吃。

凤阳的粉丝

初到凤阳，凤阳的朋友请我们在入住酒店附近的一处路边饭馆吃饭，不无歉意地说附近也就这家店，味道和环境还不错。其实熟悉我的朋友都清楚，我最不喜欢在讲排场的大饭店吃饭，最喜欢街角路边的大众饮食店。

到饭馆门口，不大的场地上停满了车辆，看样子食客不少。其实，这家饭馆总共也没几桌。吃饭时，饭菜都是本地特色，没有在合肥或在北京徽菜馆那种“徽菜”特征，比如臭鳜鱼之类。其中一道菜，很是让我注意并让我留恋。

那是一道牛肉汤锅，味微辣，边上有盘灰里透亮的粉丝，一看是红薯粉，也即我童年时熟悉的山芋束粉（束粉，方言著），我小时候所记得的粉丝，全是这种颜色，那是山芋淀粉蒸煮后的自然色。到北京后，我才知道，粉丝还有白色的。

把粉丝加进牛肉汤锅，烫熟之后，捞出，染上了牛肉红汤的粉丝，晶莹透明，送进嘴里，除了汤味之外，粉丝柔韧筋道，爽口，而且，红薯粉丝的本味，穿过浓烈微辣的牛肉汤，在口腔里舌尖上回荡。

我微微叹了口气，说，这粉丝真好吃，跟我老家小时候刨的山芋束粉一样好吃。

小时候家里的山芋束粉好吃在哪儿？无非货真价实而已。那时收了山芋，做成粉丝，都是自家吃的。刚刨出来的粉丝（当时还是人工刨粉丝），盘成一圈一圈的，放匾里晒干后收起来，以后什么时候想吃，就拿出几圈来一煮即可。

我小时候吃粉丝，其实就是煮束粉汤一种吃法，有时会放几片青菜叶子，条件好一些，会敲个鸡蛋在里边。条件再好一些，放两粒自家做的肉圆子，上面撒上些青蒜末，这是我有生以来吃到的最可口的家常粉丝汤。这些做法，都是过去家里招待贵客的点心，无论是上午点心还是下午点心。

今年，故乡朋友送了我几盒故乡风味的肉圆子，我唯一想到的做法，就是束粉肉圆汤，因为太久没这样吃了。于是，我跑去超市，买了粉丝，买了青菜青蒜，一切准备就绪后，煮粉丝汤，结果，煮了一个小时都没烂！

我明白，这粉丝放了太多的“料”了，这料其实就是一种胶，这样的粉丝，怎么会好吃？

当时买的两大把粉丝，全被我扔了。我后来去超市，告诉服务员，我不跟她们索赔，只是建议她们撤掉还在卖的这些货，否则早晚要出事。

晚饭时，除了羊肉汤锅里有粉丝，还有一道专门炒的粉丝，有些类似早年北京小馆曾经流行过的蚂蚁上树，不过更多了一些汤汁。惭愧的是，我一直没问菜名。这道菜我更喜欢，一边吃一边跟凤阳的朋友夸这粉丝口感不错。朋友则跟我介绍说，粉丝是凤阳的一道特产，质量很好，很有名，用红薯做的。

质量很好，用红薯做的，像我这样的老饕一吃就知道，但很有名，我却并不知道。山东的龙口粉丝甚至卖到了我的老家苏南，这既是物流发达社会分工的结果，也是老家这些年没人自己再做束粉之故，不过假货太多了。我也知道四川的苕粉不错，吃火锅时总喜欢放点宽苕粉。但凤阳的粉丝，如果不是在凤阳吃到，我确实是不知道的。

第二天在农家乐，除了类似蚂蚁上树的那道粉丝，我还特别厚着脸皮申请再加盘粉丝，放进牛肉汤里。当然，凤阳的朋友满足了我的要求，这让我吃得非常开心。

离开凤阳之前的最后一顿午餐，因为我们回来晚，桌上那道类似蚂蚁上树的粉丝，已经被吃完了，我心里颇有一种失落感。要知道，这是我在凤阳最喜欢的一道菜，无论是放汤锅还是做成类似蚂蚁上树的，没有之一。

可惜，临走匆忙，没有买一些凤阳的粉丝带回北京。

季市的老肝大肠

第一次到靖江游历，虽与我的家乡仅是一江之隔，也算得上开眼界之旅。

比如说猪肠子，我在靖江的这几天，没少吃。我个人很喜欢吃猪肠，过去每次回家，弟弟总会给我做上红煨大肠白煨小肠之类，以犒劳我久匮的胃。此番我熔断媒体职业生涯，甫一回故乡，兄弟们便端出猪肠炖豆腐和红煨猪肠，欢迎我这个事业失败者荣归故里，不仅慰藉我的胃口，更慰藉了我的心情。

靖江的红煨猪肠，与我故乡味道颇近，我很是喜欢——靖江人喜欢说自己属吴语区，500 年来世属常州府，只是鼎革之后才被划出——怪不得，我吃靖江的猪肠子，也有江南故乡的味道。这是历史地理文化形塑的结果。

游历靖江，在季市镇吃到了一款别具风格的猪肠。所谓别具风格是指这道猪肠的做法，与故乡乃至我在靖江吃到的猪肠都有很大的不同——它是用猪肝和猪肠一起煨烧的，名为老肝大肠。

故乡做猪肠，通常是猪肠单烧，顶多荤配素，配上豆腐或其他素菜。季市镇的老肝大肠却是荤配荤，用猪肝配大肠，这个季节再加上些时令的茭白炖煨。通常用慈菇取代茭白，但这时正好是茭白当季，新慈菇尚未下来，就用茭白烧了，也可以适当调味解腻，给猪肝大肠这道大俗之菜，增加些清雅之香之味。

在季市，我们一桌吃了两份老肝大肠，或许碰巧了我们这桌男女都喜欢吃这貌似粗粝的菜色，或许也是因为它的味道确实能打动食客的味蕾。季市老肝大肠的味道，并没有脱出靖江甚至常州红煨大小肠的味道，咸鲜中带有些甜味，猪肝还像是常州人爱吃的酱猪肝。

老板说，老肝大肠，通常也叫“官大长”——季市“肝”“官”音近，取其谐音，故名“官太长”，说季市年三十，归家之人，必食此道菜肴，取其吉利，讨口彩，意为做官又大又长。

乍听之下，我不禁莞尔。

我家年三十也食猪肠，以大肠和肠头为主，炖熟后，父亲将它们切段，摆在盘子里，边上放一碟酱油，年夜饭喝酒时，当凉菜，蘸酱油吃。自我记事起，这道菜从未从年夜饭的食谱上消失过，问父亲意思，父亲只是说，好吃嘛。不过，听了季市人的说法，我猜想，虽然没有做官又大又长之意，恐怕好日子长长的意思还是有的，讨口彩嘛。

我问，靖江其余地方年三十是否有此习俗？靖江市区的朋友摇头说，大约只有季市有吧。

晚上靖江朋友来看我，我再次问起这个问题。朋友姓刘，祖上是靖江最早的居民之一，与朱姓为靖江两大姓。他有些不屑地说，这种说法（“肝大肠”“官大长”）只有季市才有，那都是涨沙上人，习惯是泰兴的，本质上是偏北方的，文化饮食都是，比如季市喜欢唱京戏，而我们老岸上人，从孤山到靖江老城方圆六公里，习惯是和常州很近的，喜欢的也是锡剧越剧。至于季市的老肝大肠味道接近靖江其他地方和常州，因为毕竟划到靖江这么多年了嘛。

故乡也好，靖江的旧主常州也好，都没有猪肝烧大肠的做法；只有溧阳，有用猪肠加猪肉猪肝以及油豆腐捆扎一起的做法，叫作“扎肝”，味道也不太一样；北京的炒肝和卤煮火烧，也是肝肠混在一起做成的。不过，北京做法与靖江季市的很是不同，味道自然也大不同。

幸福大街的“黑暗料理”——卤煮火烧

秋天的时候，我又一次来到北京的幸福大街，在东壁街和幸福大街的十字路口，特意停下脚步，那家老门框百年卤煮店还在营业，只是，旁边斜街上一辆巨大的机器，长臂已经把边上那家店的屋顶给掘了，卤煮店的顶似乎还在。

我叹了口气，我喜欢的这家卤煮店坚持在这里的时间，估计也不久远了。

卤煮火烧，不，准确地说是卤煮（因为我对火烧不感冒），是我热爱的少有的几种北京吃食。喜欢，或许和我喜吃动物内脏有关。因为卤煮的核心底料就是内脏，不仅有肠，还有猪肺。

很多人不喜欢卤煮里的肺，害怕。我这个超级内脏粉不仅喜欢肠，还喜欢猪肺。我小时候，故乡妇女生孩子后，家里通常会给产妇煨肺吃，据说能催奶。当然，我喜欢肺是我觉得肺很好吃，特别嫩软可口。不过洗肺很麻

▲卤煮火烧

烦，好在父亲当过屠夫，所以在家吃肺时无需我太过操心。在广州工作时，广州人爱煲汤，我很喜欢猪肺白菜汤里面的肺。卤煮里的肠和肺，都是我特别喜欢的内脏。

虽然久慕大名，但我开始吃卤煮时应该比较晚了，记忆中应该是20世纪90年代中后期，那是我从大兴黄村搬到崇文门西南的胡同大杂院寄居的时代。但我一吃卤煮，就喜欢上了，虽然它总是偏咸了些。当然，“卤煮卤煮”，顾名思义，卤着煮，就是咸煮嘛。过去荤货咸了不易坏，味道也鲜，咸鲜嘛。

所以，我觉得卤煮没啥特别的秘方技术，就是卤着煮。如果说是有秘方，就是卤料要好，肠肺豆腐以及各种调料，货要真，肠要洗得恰到好处，太干净则无味，然后煨炖的时间要足，不停地小火咕嘟，让汤料充分入味。肠肺豆腐在中国的饮食传统里，都是需要时间的——比如我喜欢弟弟做的江南风味的白煨或红烧大小肠，煨本身就是需要时间熬；肺炖汤，炖汤也是要靠时间；至于豆腐，我老家的说法就是千炖豆腐，也是时间足，才有味。

我曾喜欢南横街一家破旧小店的卤煮，店面小以至于名字都不记得了，但他家的卤煮小肠多，我常走3公里多的路去吃。以至于后来它消失的时候，我还很是悲痛了一阵。

翻看2012年5月的记录，我曾写过那家店：

第一目标陶然亭附近小肠卤煮……顶着炎炎烈日，忍饥挨饿，好不容易挨到了那个小肠卤煮店，却发现换了主人，变成了美甲店。郁闷中，强忍着，继续向北……

饿着肚子，在烈日下经过近一小时的曝晒，终于没能找到卤煮店，熟悉的两家，一家转给了美甲店，一家转给了沙县小吃。悲催中，找了家门脸挺大的老北京炸酱面馆……

幸福大街这家老门框百年卤煮，开于何时，我无从得知，但我自 2014 年年底到幸福大街上班，便成了它的常客，尤其是后来我开始参与新京报轮值夜班签片以后，那里更成了我夜班周中饭或晚餐的据点。一碗卤煮火烧后，满肚子油水，够扛——夜班通常会到很晚，从下午两三点钟到凌晨两点多，中间有碗卤煮火烧打底很重要。“晚上这一碗卤煮，应该能够扛住平安夜漫长的寒冷了吧？”2016 年 12 月 24 日晚上，我在老门框百年卤煮吃完后发了这样一条微博。在幸福大街的夜班周，我的社交媒体上常常出现“卤煮一碗，熬过午夜”的字样。

这家卤煮店号称百年店，招牌是老门框，据说是北京比较有名的店。灶台上的师傅都是小伙子，几个看起来不太像是做卤煮的人操持着，也许是我见少识窄，当时还蛮惊讶的。但他们切卤煮的手法很利索，一看便知需要时间才能操练得如此熟练。我最初是抱着尝尝看的念头进去的，一尝，比较合自己的口味，于是成了常客。

卤煮店店面不大，大锅灶台就支在进门右侧，在屋外透过玻璃，就可以看到大锅里咕嘟咕嘟冒着热气的肠肺豆腐等。

进门喊一声：“老板，来碗卤煮火烧。”

“好嘞！”一个戴眼镜看着挺斯文的小伙子应声招呼着，同时一手熟练地用夹子把肠肺夹到案板上，另一手拎着菜刀，快刀切段切碎，丢在一只大碗里，然后捞起锅里几块煎过的豆腐和两个火烧，同样快刀切成小块，放在碗里，最后把一勺一直咕嘟着的老汤浇在碗里。边上端汤送菜的另一个小伙子，利索地用小勺挖一勺蒜蓉放进去，然后再抓一些香菜，给你送来了。

过去据说卤煮是不放香菜的，但现在卤煮店没有不放香菜的。我比较随兴，有时放，有时不放，因为如今北京的香菜已经没什么香菜味了。如果觉得味道不够浓郁，饭桌上摆着腐乳浆、辣椒油、醋等，我通常都会加一些。

我的许多朋友不喜欢卤煮火烧，尤其一些女性友人，甚至有人惊诧于我竟然喜欢这么不像样子的食物——我通常开玩笑称它为“黑暗料理”。但是，每个人的味蕾不同，这是无法阻挡的诱惑。

卤煮店还有一个有意思的地方，就是它与包子铺炒肝店都不同，它属于饭馆。饭馆是市井生活喧嚷的地方，你若留心，在这里会看到各种有趣的人（上流社会的达贵几乎没有，他们坐不下来——陈鸿年的《故都风物》，用文字记录消逝永不再来的生活，独缺了卤煮，因为他所记的还必得是抗战前北平像样人家的生活），听到各种有趣的对话，这是理解市井生活的一把钥匙。

在幸福大街卤煮店，我也遇见过不少让自己心生感慨的场景。有天晚上，周围几桌都是喝酒的——有在京打工的，年龄偏大；有本地口音的，谈婚姻变故，争执去看与不看；还有一桌是两个老头，桌上摆一瓶“牛二”，还有跟其他桌类似的菜，卤煮火烧、豆腐丝、油炸小鱼、北京那种炸咯吱，二人慢声细语地聊着天。我突然从这两位老人身上，似乎看到了自己的未来。若干年后，我也是这样吧？

还有一天晚上，我前面是两个小伙子，看样子有点嬉皮。其中一个对着我坐的身穿白色T恤，头发修剪得比较时尚，顶在脑顶上，如同坡地上一片顺服的草，手腕上各种串，声音略高亢。背对我的，穿淡蓝色混染T恤，声音低沉。两人一边抽烟一边聊天，桌上堆了8个空啤酒瓶。白T恤话多：“一般么，哥几个喝酒，2两二锅头后3瓶啤酒，正合适。”说着说着，谈起老板来——

“过节，给老板发了个祝贺短信，老板回了，还带着我名字，说谢谢。我很高兴啊，人家老板，多少人，还能给我回，还带着名字，说明老板心里有我啊，老板不回，不也正常嘛。”

“我师傅，过去是师傅，现在也是副总，跟我老板一样，他们是好朋友，但我觉得吧，见了师傅，公开场合得喊总，私下场合还得喊师傅，这显得亲嘛。”

“等我把我爸生日过完，请师傅喝个酒，到你们家楼下，我来买单，一千两千都无所谓，师傅要来，他还不带两瓶酒过来？对，他的干白挺好喝的。”

看看，听听，多有趣的市井生活。不是我刻意偷听，是这些场景撞入我的眼帘，声音飘进我的耳朵。作为在媒体行业浸淫二十多年的热爱生活的人，这是我的一种职业习惯。

平凉，那一碗羊肉泡馍

有一年的 7 月下旬，我随中国国家地理地道风之旅到甘肃平凉一走。每到一个地方，我都喜欢寻访大街小巷街角路边的平民美食，尤其是早餐和宵夜。随团出门的午晚正餐时间外，是能够掌握自己的时间和胃的机会，到平凉，自然也不例外。

我到平凉已近凌晨三点，办理入住时问服务员，平凉的宵夜一般开到何时，服务员说，也就十一二点，这个点，应该什么也没了。

得，宵夜无望了，看明天的早餐吧。

行前做功课，平凉的面食有名，网上有一句“不吃羊肉泡，枉把平凉到”。在北京时，我也爱吃羊肉泡馍，虽然印象中羊汤是陕西风味，不过也应该是西北很多地方的风味特色吧。

入住的酒店大抵会有羊肉泡馍，但我不是很喜欢大酒店的地方名吃，高高在上，缺少普通人生活的烟火气。这是我酷爱苍蝇小馆路边吃食的原因。

早上起来，问前台一位帅哥，平凉本地人早餐喜欢吃些什么，附近有什么比较好的早餐。帅哥回说，泡馍和面条都是平凉的传统早餐。附近出门左转顺路一直向前，过十字路口，有一家羊肉泡馍店，叫祥盛，吉祥的祥，盛大的盛，上面有一个大大的“马”字，这一家的羊肉泡馍，我常去，我觉得还不错。

我谢过帅哥，出门见到两位年长的保安。我想帅哥是年轻人，可能喜欢时髦一些的饮食，不妨再向年纪大的人打听一下。保安说那家可以，但是右拐后路口左拐，桥头集市另一家，味道也不错。我谢过，顺着保安指的方向出发，一路之上，顺便看看平凉的街景。早餐店不少，以馓、面条等为主，但我今天铁了心想吃碗羊肉泡馍，遂一直前行。不过，因为路况不熟，找不到保安推荐的那家店。驻足，又问了一位老者，老者热情地给我指路：左转，一路向前，到路口再左转……

依言前行，越走越远，我心里有些嘀咕，又问了两次，结果转回了帅哥给我指的那家羊肉泡馍店！

店面不大不小，我到时已经 9 点半了，屋里坐满了人，有在吃的，有坐着候着的，不少是本地的老人。我心里一定，老人多，应该比较地道，本地人喜欢；都 9 点半了，人气还旺，除了生意好，走货也快，食材应该不错。

羊肉泡馍分两种，大碗 26 元，小碗 20 元。这个价格比我心里预期的西部价格略高。我问大小碗的差别，店家说，碗一样大小，差别在于牛肉多少。嗯，明白。我点了一个大碗。

服务员递给我一个小篮子，里边装着一个泡馍，边上夹着一个号牌，找了一张服务员刚收拾出来的桌子坐下。等了会儿，服务员端了碗羊肉汤上来，正常的清汤，汤上飘着些香菜，用筷子一抄，内有粉条羊肉，哟，羊肉真不少，用我常州老家方言表达，就是很“扎著”，真材实料，很实在。

尝了口清汤，鲜，但略淡，遂加上一勺子辣子及醋，然后掰开了泡馍。因为司机已经在等候，我掰泡馍时块略大。过去在北京和西安吃泡馍的经验，馍应该掰得非常细小，要有耐心。但此时我有些心急，顾不上了。馍一泡热汤即软化了，非常适合像我这样牙口开始退化得不好的中老年人。

后来我才知道，我这样做，算是歪打正着。平凉的一位回民司机师傅告诉我，我掰馍块大，没错，平凉就是这样吃泡馍的，西安才掰细小，因为西安的馍只是七成熟，平凉的馍是全熟。

与在北京和西安吃到的羊肉泡馍相比，除了馍熟硬程度不一样，关键在羊肉多。全然不像我在其他地方吃到的羊肉泡馍，上面就漂着三两片，在北京，即使是多加肉的泡馍，都远不如平凉正常的一大碗！

平凉的师傅还告诉我，平凉的羊肉泡馍里的羊肉也是很好的，新鲜，加在汤里，味道跟冷冻过一段时间的羊肉相比，很不一样。不惟如此，我也喜欢平凉羊肉泡馍里的土豆粉条。嗯，我想，这也是平凉的羊肉泡馍远比北京的好吃的原因吧。

心急吃不了热豆腐，但是，我心急却吃了一大碗平凉的羊肉泡馍，最后连汤也喝干了。吃完满头大汗，抹抹嘴，起身走人。当天，我能克服旅途劳顿爬上崆峒山，就归因于这碗实打实味道鲜美的羊肉泡馍提供的能量。

后来，几位老友一再提醒我，吃正宗羊肉泡馍，要去平凉宾馆。但平凉的朋友介绍说，现在平凉宾馆的羊肉泡馍水平也有下降，倒是我去的这家，以及保安给我推荐的桥头集市边的那家，目前算得上平凉真正好的。

离开平凉的那天中午，平凉的朋友带我去了桥头那家诚祥羊肉泡馍，正是饭点，食客盈门。那天中午，我一下子吃了两碗，味道感觉比第一天早上吃的还要好！

去平凉，一定要吃羊肉泡馍哦！

“要说特色菜，都是骗人的”

那年夏天，去往太湖边的宜兴渎上一游，了却少年时的心愿——我童年和少年时代的冬天，宜兴渎上的萝卜是故乡过年必备的当家菜。中午，因有北京故人正好在宜兴，遂谢绝渎上朋友挽留午餐的邀请，就近在附近的周铁镇上午餐。

我们一行四人，其实对宜兴都不熟悉，师妹在周铁镇上停下车，向附近店主打听哪家餐馆口碑好，回答说附近有家醉香阁不错。

醉香阁是一家普通门脸的家常菜馆，落地大窗里，有两桌人在就餐，一桌靠窗，一桌在中间。我们进去的时候，开着空调，还摇着小电扇——这几天虽已立秋，但江南的天气还是酷热得很。靠窗的另外两张桌子似是刚刚撤台，还没来得及收拾干净。屋里虽然略显凌乱，倒也没有苍蝇乱飞，尤其是厕所，虽说简陋，倒也是乡下厕所中比较干净的。

有限的包厢都坐满了，我们原本想靠窗坐，年轻的老板娘说，靠窗的桌子小，放菜不像圆桌菜好转，你们还是坐中间圆桌吧。

也对。我们遵从了老板娘的意见，坐了中间的桌子。点菜的时候，我翻了下菜单，都是熟悉的菜名，但我却无从下手。

“有没有这儿地方特色的菜，给推荐一下？”我看着老板娘说，这也是我到一些不熟悉的地方点菜的习惯。

年轻的老板娘戴着眼镜，眼睛透过镜片盯着我们说了句：“要说特色菜，都是骗人的。”

我先是一愣，继而和同伴哈哈大笑，几乎异口同声说这句话说得太好了，实在！

确实，看菜单上都是熟悉的菜名，别说太湖周边诸镇，就是离湖有一些距离的武进漕桥、运村、前黄那些街上的饭馆，大致也就类似的菜单。所谓特色，不过就是本地口味而已。

老板娘补了句，都说自己做的是太湖湖鲜，哪有这么多太湖湖鲜啊。比如说虾，现在是河虾旺季，我们做的是罗氏虾，味道不错的。

服务员端了凉菜上来，同伴点了个萝卜干毛豆，这菜是地方小菜，连北京的常州宾馆都有，味道也很好。师妹请客，看朋友点了毛豆，怕委屈了我们，说上午念叨了半天渎上的萝卜，总不至于中午就吃这小咸菜吧。事实上，这盘萝卜干毛豆确实不错，就粥或下酒其实都挺好，有我们熟悉且喜欢的味道。

老板娘看了下我们，跟服务员说怎么不端份口水鸡上来，我们的口水鸡味道非常不错，来的客人都喜欢。朋友点了下头，说，那就来份口水鸡。

这盘口水鸡，其实就是我们平常说的酱油白斩鸡，是土鸡，味道很江南。我们几个一边吃，一边交口称赞，盘子里被吃得干干净净，连残留的酱油汤，都被我用来浇粉皮了。

中午所点的菜肴中，咸菜烧昂公，中规中矩；鳝洞螺蛳汤，中规中矩；素炒红薯叶，中规中矩；焗鱼嘴唇不错，酸旺汤也不错。粉皮则是一道失败的菜肴，或许是质量稍差，加上火大了，粉皮烂了不成形。

说味道不错，是指菜色味道高于一般的水平，也即比中规中矩高。所谓中规中矩，就是做法很常见，味道也都是大家熟悉的，没有别出心裁，是传统的江南水乡做法和江南味道，无论你是在周铁，还是在太滆村，或是漕桥前黄，你都会有同样的感觉。虽然师傅不是同一个，但食材做法和食客味觉系统，在地缘美食中趋同，自是正常且必然的。剑走偏锋，成则绝味，不成则大俗。所以，对于路边美食，我的标准和要求，向来就是大众化。我同行的友人也和我持一样的看法，他们的评价是，这家店的味道，很地道。

地道其实也就是厚道。就像老板娘说的，哪有那么多特色菜啊。把家常菜做好了，客人喜欢，都是看家菜拿手菜。

坂上的猪头肉面

“金色南都周边，3 公里之内，有无特色传统早餐，正宗的（折脚婆的硝肉面除外）？此番回家，除了家常菜，人民的饮食竟然无从动笔，我要抓住最后机会，顺访一家早餐店。”

回到家乡的晚上，我在朋友圈发了这样一句话。故乡的朋友纷纷指点，有推荐麻糕豆腐汤的，更多是推荐面条。不过，也有些店因春节休假，尚未开张。

一位只在北京见过一面的朋友徐君迅速给我做了安排，甚至不容我表示异议：朱老师，明天早上，我带你去坂上东街吃猪头肉面，你可以尝尝。

徐君在故乡工作，我们俩虽见面不多，也不算熟，却时不时会通过微信讨论故乡美食，他热衷搜集写故乡美食的旧书老书，也曾送我一本武进食谱的电子版。前些日子他一直要带我去雪堰桥老街吃一位八旬老太下的面，不过路途有些遥远，兼之春节，尚未开门。

▲坂上的猪头肉面

第二天一早，徐君就来接我去往坂上。坂上原是故乡一个有名的乡镇，在故乡方言中，说“反酿”（方言音），不过，我从未到过那里。

故乡大多数人爱吃面。一些人会奇怪，南方人怎么会喜欢吃面？其实，江南故乡也种麦子，三次衣冠南渡，北方中原地区一些吃面的习俗也随之而来。我和徐君讨论的结论，大致如此。后查资料，中科院自然科学史所研究员曾雄生曾谈到过，江南种植麦子是在晋时，这与我的猜测也是吻合的。

不过，南北方吃面食的习惯还是大不同，北方人常奚落南方人的面食，其实是井底之蛙之见。比如，南方的汤面，重汤重浇头，与北方浇头的稀里糊涂全然不同。

徐君给我介绍的坂上的面馆，叫东街面馆，特色是猪头肉做浇头。在武进十大面馆的评比中，这家面馆，据说榜上有名。

东街面馆位于坂上老街东街，故名。坂上老街依然保持着过去的一些特色，剃头店、面条店等，都还带着我小时候在前黄、庙桥、港桥、南夏墅、走马塘和礼嘉老街上见到的那种印记，那种调调。

东街面馆的房子，前身据说是街上的邮局，后来被面店老板买了下来。

面馆跟过去老街上小吃店没有什么差别，门面很小，也就两张大圆桌放在厅里，周围一圈椅子，门边上一个放杂物的柜子，上面放了几个可乐瓶，不过里边装的不是可乐，而是有些“可疑”的深黄色液体。另一侧靠墙则放着

几个装东西的容器，有的盛着米糊汤——用米粉熬的稀汤，可以解渴解咸（放点咸菜搭配最好），另外还有的盛放咸菜和如意菜（熟豆芽），这两样既可当喝米糊的小菜，也可当汤面的浇头。

里间则是操作间，一口大锅，沸水翻滚，老板娘用筷子在下着面条。旁边条案上，放着浇头，有猪头肉、猪耳朵、排骨、长肠（故乡小店都写成肠肠，其实应该是长肠，肠肠面是故乡非常有特色也是最受欢迎的一种面点）等，还有切碎的青蒜末——冬天和早春吃面放青蒜猪油，那才是正宗武进人——老板在案几前给面条加浇头。此外，边上还有一口小锅，现炒鸡蛋、荷包蛋或摊鸡蛋随客之意，也是作为浇头。

徐君给我们要了猪耳朵猪头肉和鸡蛋作为浇头，又去取了咸菜和豆芽菜，给每人端了一碗米糊汤——徐君说，这里的猪头肉面最好。

一会儿，一大碗热气腾腾的面端了上来，典型的浓油赤酱，排列的整整齐齐的细圆面条，酱红色的汤，上面飘着油花，飘着星星点点的青蒜叶末。细圆面条是故乡常见的面条做法，过去吃所谓筒头面，也即挂面，就是细圆面条，不过那时要用面票换。我先没放浇头，而是端起碗，低下头，先喝了口面汤——老饕最清楚，汤面的汤有多重要。不过，一口下去，我略有些失望，稍偏咸了一些；青蒜味道不够，是蒜品种的问题；猪油的香味不厚，熬得不够老。加进猪头肉猪耳朵，一筷子如意菜，一筷子咸菜，一搅一拌，再吃，味道好了些。尤其是猪头肉，味道口感相当好，不肥腻，可口。

我们刚进店的时候，人还没满，一会儿工夫，两张桌子都坐满了人，排起了队。我们这张桌上，来了四位年轻人，有要猪肉的，有要排骨的，边上还坐下了一位老人，拎了一个铝茶壶，要了一份猪头肉鸡蛋，加上一碗米糊汤，自斟自饮起来——他喝的是黄酒。

我们一边吃一边和他攀谈，原来他是附近的街坊，这个店开张十几年来，几乎每天都来吃，早上一碗面，就黄酒，有时喝一碗，有时两碗三碗，来了自己倒酒，熟门熟路，诺，那边柜子上的就是黄酒——哦，原来那可乐瓶里的是酒——这儿的味道不错，很对我们的胃口。吃完酒吃碗面，抹抹嘴，该干吗干吗去。

老人很健谈。这店一大早就开门，来吃面的，大多是街坊邻居，熟悉。这几年，也有从湖塘、鸣凰、礼嘉等地赶过来吃面的。

徐君后来跟我补充说，这店早上开门早，有许多学生来吃，吃完正好上学，所以生意不错。

墙上挂着的菜牌写着：猪头肉面 12 元，排骨面 12 元，肠肠面 12 元，素鸡面 7 元，阳春面 5 元……

挺便宜啊。我跟徐君说。徐君摇摇头，不便宜了，光面（阳春面）一般 3 元，它涨价了。

离东街面馆不远处，也有一家面馆，历史比东街面馆更悠久些，没门面招牌，早上我们经过的时候，门口聚了好几个吃饱了要散的老人，我们吃完面再路过那里，店里还有不少老人坐着。

这个景象，其实是故乡过去面馆的常态。

虽然略有一些失望，但我知道，如同湖塘的折脚婆面馆，东街面馆和它相邻的面馆的定位非常准，都不是为现在我们这样的人准备的——它们过去都是为少年时代的我们和我们的父辈准备的。如今，他们也是为随着这个面馆一起成长而没有离开的人准备的，也是为在附近打工的人准备的——份大量足，价廉物美。我们的口味，早已异乡化了，而且，过多的油水，过少的体力劳动，让我们考虑养生，而逐渐抵触原本曾经热爱的食物了。不是店家做得不好，那么多人喜欢说明做得好，而是我们的口味已经“变修”了。

回程路上，我和徐君聊起判断一个路边小馆好坏的标准，我和徐君的想法不谋而合：时间。如果开了十年之上，还兴旺，一定是用心做了，才能持续，才能兴旺。唯有时间，才是餐饮真正好坏的最终裁判。

难忘永和的槐花宴

我出身农家，熟悉江南故乡的乡野美食，也熟悉那些在物质匮乏时代能够用来充饥的故乡的野菜树叶，但是，如果不是到永和，我是不知道槐花可以当菜吃的。当然，我在书上曾经读到过，战乱饥荒年代，会有人用槐花槐叶充饥，但那都是非常时期。

小时候，我只知道槐花蜜。故乡春天槐花开的时候，蜜蜂会采槐花蜜。我们这些乡下顽童，因为没有可解馋的东西，也会与蜜蜂争抢槐花蜜——就是摘下槐花，抽出花蕊，用舌头舔，花蕊上湿湿的汁液，有丝丝甜味。这是我记忆深处对利用槐花最深的印象。

到了山西永和，我才知道，槐花不仅可以食用，而且可以泡茶喝！虽然后来太座告诉我，槐花可吃又不稀奇，她们在北京小时候也吃。但我到永和之前，确实没吃过槐花，也没喝过槐花茶。

赶到永和已经很晚了，饭桌上有道菜，介绍说是槐花炒鸡蛋。我一愣，槐花还能吃啊?

是啊，槐花好吃着呢。永和种了 18 万亩槐花，花季到时，漫山遍野的槐花。永和的槐花天然无污染，是非常好的食材，还可以做饼，就像云南的鲜花饼。永和的朋友介绍说。

嗯，云南的鲜花饼我知道，如果槐花可以食用，做鲜花饼的原理，自然也可以做槐花饼。

一尝，带了淡淡的槐花清香。我的味蕾没有排异反应，接着又伸出了筷子。第一次品尝，属于尝鲜，带着好奇。吃下来，感觉是个正经菜肴，与香椿炒鸡蛋做法类似，不过就是把香椿换成了槐花，而槐花的清香弱于香椿的浓烈味道而已。

饭后开会，茶杯里是淡黄色的茶水，我一开始以为是菊花茶，端着一闻，竟然是槐花茶。这个槐花茶的清香，显然要比槐花炒鸡蛋的槐花清香浓郁，品起来很独特，有亲和力，习惯了茶饮的我一样很容易接受。

在永和的两天旅程中，无论是早餐、中餐还是晚餐，无论是宾馆的自助餐，还是在农家乐的桌餐，总有几道与槐花有关的菜，凉拌槐花、槐花炒鸡蛋、槐花拨烂子。所谓槐花拨烂子，就是槐花裹着面糊玉米糊炸的一道菜，很好吃。

离开永和的头天晚上，一个摄制团队的朋友提了建议，既然槐花是永和的特色，能不能做桌“槐花宴”？于是，在我们住的永和宾馆里，我品尝到了一顿非常丰盛而独特的槐花宴。

永和宾馆精心研发的槐花宴，由三道凉菜八道热菜一道汤羹和四种主食

▲永和的槐花宴

组成。凉菜分别是我已经熟悉味道且很喜欢的凉拌槐花，以及槐花地衣菜、槐花蛋卷。

凉拌槐花很适合像我这样喜欢喝酒的人，如果稍微加点醋，口味再偏酸一些，下酒更好；地衣菜在我故乡多用来烧汤，或者炒鸡蛋（湘菜也是炒鸡蛋），和槐花混搭一起做，我自然是第一次得见，主基调黑白双色，还带着点槐花花蕾上的绿；槐花蛋卷则是通常的蛋卷里夹的菜，换成了槐花。

热菜里面，槐花拨烂子，槐花土鸡蛋我已经熟悉且喜欢，槐花丸子则是用槐花和面粉做的丸子，油炸，非常好吃。我很少吃油炸素丸子，但当晚我吃了三个，按人头计算量，我这算得上是多吃多占了。

香酥槐花似是紫薯裹着面粉裹油炸，外形像是枣裹着面粉油炸的，内里也有个和“核”，不注意的人会以为是枣核吐掉，其实是裹了粒花生仁，和槐花一起烧的，汤汁偏甜口，我喜欢。

槐花蛋饼是一道非常漂亮的菜，真正色香味俱全，食材是鸡蛋槐花日本豆腐，再撒上些切碎的葱。我觉得一桌槐花宴，这道菜是最费心思，也是最好看的，而且味道也很好。

还有一道热菜是槐花蜜汁大枣，自助餐时我就见到过，当时以为是大枣蒸了吃的，没敢尝。槐花宴上，我才知道这道菜是用槐花蜜汁做的。尝了一粒枣，不错。

另外两道荤菜是槐花炒五花肉和槐花炖土鸡，反正，就是槐花当家。不过味道还是很特别。比如槐花炒五花肉，真的非常特别。我很喜欢。后来我想，如果侉炖鱼时，自然也可以放槐花了，一个道理。

汤是槐花豆腐汤，与其他热菜槐花本味容易被其他主料吸收覆盖不同，这汤的淡淡的槐花清香，以及汤本身，都很清口，吸引人。

主食有槐花饼（类似于鲜花饼），槐花包子——这两个我没尝，而槐花蒸饼、槐花馅饺子我都吃了，尤其槐花馅饺子，我吃了好几个。一个晚上不吃主食的人，这样吃确实也是少见的。

这一顿槐花宴，非常特别。对于我这样的老饕而言，真正弥补了寻访本地特色菜肴不足的遗憾，完全可以开发成未来永和特色游的一个点。

我吃饭时才知道，永和的槐花菜其实早已经做到北京了。2017 年春天，永和县曾进京“叫卖”槐花，100 万斤槐花进了北京，而且在北京推出了“槐花炒鸡蛋”。看样子，以后在北京的一些餐馆里，也能吃到这道菜了。

槐花是一种落叶乔木，每到花期来临时，一串串洁白的槐花缀满树枝——偶尔也见有粉红的，空气中弥漫着淡淡的素雅的清香，沁人心脾。永和的余振民老师说，能吃的槐花，都是洋槐。中国土生土长的国槐，比如传说中洪洞县大槐树，它的花是不能吃的，但能入药，是中药。

洋槐原产北美，19 世纪末才引入中国。所以白居易的《秋日》里那“袅袅秋风多，槐花半成实”的槐花，是不能吃的国槐。

记得哦，只有白色的洋槐花能吃。到永和，别忘了吃槐花宴哦。

江南的味道

江南的味道

谁不说自己的家乡好?

我的故乡在江南。故乡土地肥沃，物产丰饶。虽然许多地方山河俊美胜过江南故乡，但河湖浸润的故乡，无论在性格还是饮食方面，都有着与其他地方全然不同的温婉与绵长。

走南闯北多少年之后，我依然记得故乡冬天的味道。那是青菜的味道。

多年之前，工业化进程还没有那么快的时候，每到冬天回家，出了周围全是居民区的常州站，总会闻到飘浮在空中的青菜味道。如今，常州城里是不是还有这种味道，我不知道了，但是，在乡下村里，冬天午饭的时候，那熟悉的霜雪打过的青菜味道，依然飘浮在空中。

2020年年初，我回家过春节，受疫情影响，困守江南故乡百余天。出行受影响，让我只能安之若素地陪伴在乡下父母身边。长大后难得随侍父母这么长时间，除了享受亲情外，一个大好处是解馋，一次性将冬日到晚春记忆中我喜欢的故乡美食几乎尝了个遍。

母亲和弟弟宠着我，一次次安排了我最喜欢的馄饨团子咸粥，真是百吃不厌；我还像个贪嘴的顽童，以成年人的狡黠和顽童的无赖样，跟父母提起了许多记忆中的但家里也多年未做了的吃食，比如咸饭、香葱饼、咸汤团子、瘪馅（方言说法，无馅之意）等，母亲和弟弟总是不厌其烦地想方设法做了让我品尝；疫情稍松，弟弟的死党兄弟们，或者做好了我爱的糟扣肉送我家来，或者干脆拎着老鹅，特意跑我家来斗鹅，让我和我的朋友们品尝了罕有的乡间美味；蛰居故乡时间长，过年准备的好菜慢慢消耗光了，故乡的朋友们又一次次送新鲜的鱼虾过来；那些故乡开小馆子的朋友们，一旦疫情见缓获准营业，就热情张开双臂，邀请我这样的老饕去打秋风，品尝既有故乡底色又进行了商业改造的味道……

故乡乡下，无论是大菜硬菜家常菜，无一不是美味，于我是真正的大快朵颐。那些熟悉的或者曾经熟悉已经陌生了的味道，一次次让我无穷回味。

我 18 岁离家远行，也算走过了万水千山，口味其实早已被生活改造，川湘粤鲁，火锅炒菜，面食米饭，无一不欢。但是，最喜欢的依然还是家乡的味道，家里的味道，柴火灶的味道。这其实就是林语堂所谓“民族主义不过是童年的味蕾”的说法所在。

无论是冬天的青菜青蒜芫荽萝卜菠菜，还是春天的芹菜韭菜，抑或是地里长出来的荠菜马兰等，再加上自家风味的烧白肉、豆腐、肉圆……许多要等到年三十或走亲戚才能吃到的家常菜，如今真正成了家常菜。

村里人看到我的吃相，常常笑话我在外面工作了这么多年，还像一个“没吃过东西的人”。日常与这些味道为伍的他们，当然不能理解作为游子的我的这种情感。家里的菜，汤汤水水都养人啊。要不是我每天坚持锻炼，不知这半年在家，身形会如何走型。

我自小在北京长大的太座，最喜欢的，就是想吃的时候推门即可下地摘菜。世界上除了自己家里，还有什么地方能这样随心所欲地享受新鲜的味道？

“夜雨剪春韭，新炊间黄粱。”只有在故乡的家里，才能真正做到吧。

永念这样的味道，无论身在何方。

河豚：富人席上珍，终上寻常百姓家台

竹外桃花三两枝，春江水暖鸭先知。

蒌蒿满地芦芽短，正是河豚欲上时。

关于河豚，古代文人墨客写过很多诗篇，多赞美，也有劝诫之言。所有写河豚的诗词篇章中，最有名的当为苏轼这首《惠崇春江晚景》。

东坡写吃河豚是应时而食，春天来了，河豚最好，这个季节吃河豚，也不违上天造物美意。

时代不同了，如今我们吃河豚，一年四季都有。我往年春节返乡探亲，虽然自家不会做，也要吃掉不少河豚。不过，2020 年春疫情肆虐，馆闭宴散，春节期间没有吃过一条河豚。

进入 3 月，企业陆续复工，交通渐次恢复，我赴江阴办差，晚上当地朋友请饮。其中有道菜是蒜头红烧河豚皮。我过去吃到的河豚，多是红烧或

▲河豚

白烧，偶尔还吃鱼生。蒜头红烧河豚皮的做法，味道同样鲜美，不仅是我平生第一次吃到，也是多年以后再一次应季而食了。

过些日子便到了我的农历生日，乡邑友人张骏邀宴，言及刀鱼上市，遂赴扬中，席间也安排了河豚。及后，我又在张家港、上海、常州吃到了红烧或白烧河豚。上海张松兄那里的红烧河豚，据说号称是上海滩最好的，我却觉得跟常州江阴的一些河豚相比，还是要弱一点点。

这个春天，除了在专业餐馆吃河豚外，我还两次在别人家里吃了河豚。一次是乡邑友人卞浩兄在家请客，河豚做法与饭馆一样，但烧得非常好，胜过许多饭馆里的专业厨师水准。另一次是弟妹家里设宴，弟弟的大舅哥弄了好多条河豚，烧了一大盆，完全家常烧法，味道也是非常的好，尤其下饭。

翻读书籍，无论是过去的诗词歌赋，还是美食药典，抑或稗官野史中，关于食河豚的记载，不是文人墨客，就是巨富大官，全无普通人吃河豚的记录。究其原因，或许是河豚价格不菲，而且有毒，食客不仅要有一定的经济实力，还要有勇于挑战的胆气。如东坡所言，“据其味，真是消得一死”。当然，也可能与普通人本分过日子相关。

所以，在古代吃河豚，大概应该是一种身份地位的象征，也是一种时尚。如李渔在《闲情偶寄》中所言：“河鲀（豚）为江南最尚之物，予亦食而甘之。”最尚之物，其价不菲。所

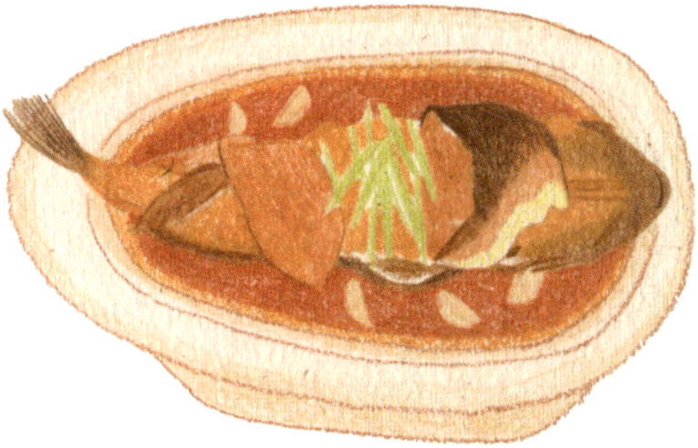

▲河豚

以，袁枚的《随园食单》里，也才会有河豚（袁枚写记作“斑鱼”）的记录。要知道，《随园食单》虽为厨者经典，但其所录，皆非普通人饮食，而多达官贵人豪门巨贾的食单。

从前的河豚是野生之物，以常州府地江阴等地所产最为鲜美，宋人福建敖陶生有诗夸云：“旧忆河豚是此邦。”因为野生河豚有剧毒，在 2009 年前属于禁食之物（直到 2009 年才取消相关法律规定），一般人是无福享受的。彼时吃河豚，要冒着违法的风险，当然也要冒着生命危险，虽然概率很低。

我第一次吃河豚是在北京，因为违禁，有点神秘，吃鱼过程也是颇具仪式感的，厨师得先尝，没反应，客人才享用。当时，吃河豚是非常隆重的事，北京能够做河豚的餐馆，应该是能数得出来的。

忘了从什么时候开始，北京吃河豚的地方多了起来。故乡朋友冬日或春日来京，邀约在京友人买醉，也常点河豚。河豚从数条全桌共享，变成了一人一条专享——我第一次吃河豚，全桌才两条。到后来，北京的淮扬餐馆，尤其是江南餐馆，一年四季都有河豚供应了。当然，北京的价格还是比江南要高。但有一年冬日，故乡的河豚价格据说曾跌到了 75 元一条！

这是我没有想到的。

一年四季都会吃到河豚，我对它的期待也就每况愈下。每次吃河豚，主要吃皮和肝，肉常常会剩下，不像早年汤汁都不剩。偶尔有一年，去扬中吃了一次河豚刺身，感觉比红烧白烧都下酒，不过，跟广东的鱼生差别也不甚太大。

河豚的泛滥，与人工养殖成功有关。在沪上的乡邑友人周琦告诉我，南通的海安是世界上最大的人工养殖河豚地，邀请我得空不妨去看看。人工养殖河豚的毒性已经几乎没有了，这种产业化的成功，与我们日常所有成功产业化的食物一样，虽然味道鲜美可能有所减损，但却让更多的人享用到了，也无需“真消得一死”的豪气了。

我写过多篇与河豚相关的文章，一位在美国多年的大学女同学读到后，很惊讶自己从未吃过河豚，我答应她若回京聚，一定请她尝一尝。如今，我也常在故乡旧宅开流水席，可惜我家附近不产河豚，能烧河豚的人更少。所幸一位师兄跟我说，若有客人想吃河豚，他可以请擅做河豚的厨师烧好送来，“到老宅也不会凉”。

过去文人墨客巨富大贾席上珍，如今进入了寻常百姓家。

从天赐之物，到人工创造，这也算是世易时移了。

马兰，春日妙品

乡居的傍晚，弟妹下地割了半篮马兰回来。

还未出正月，这个时令马兰本很稀罕。前些天我在乡间漫步，看到永安河边人家栽种在荒地上的马兰，已经长得很好，能够挑一些出来尝鲜，但整体还未真正长开，尚需春日阳光温暖。回家看自家葡萄园和晒场，马兰也是类似长势。

马兰是一种野草，叶呈椭圆形，上部边缘有粗锯齿，花蓝紫色，形似菊花。李时珍《本草纲目·草三·马兰》中写道："马兰，湖泽卑溼处甚多，二月生苗，赤茎白根，长叶有刻齿，状似泽兰，但不香尔。南人多采沩晒乾为蔬及馒馅。入夏高二三尺，开紫花，花罢有细子。"

虽然是野草，却是乡下的时令鲜货。过去农历二月才冒头，通常是清明前乡下人的挚爱，如今温室效应，天气和暖，马兰也早早争先恐后地长出了嫩叶。

我小时候，田间地头，清明前的阳光下，到处可以看见挎着竹篮挑马兰的小孩、少妇和老太太。过了清明，马兰就老了，开花了，即使找到还能吃的，味道也变了，所以，旧俗是过了清明不吃马兰。不过，如今工业化的大棚里，马兰一年四季都有了。

但是，与春日荠菜被古代文人骚客大肆夸扬不同，古人很少有写马兰的。宋时丹阳洪兴祖在补注《楚辞·东方朔〈七谏·怨世〉》句“蓬艾亲入御於牀笫兮，马兰踸踔而日加”时，有说“《本草》云：马兰生泽旁，气臭，花似菊而紫”。后世李时珍也说，马兰“但不香尔”。也许，这就是马兰在古代不受文人墨客追捧的原因。

▲马兰

倒是陆游有一首《戏咏园中春草》，写到吃马兰，也算给穷苦人家的春馔美食马兰正了一下名：

离离幽草自成丛，过眼儿童采撷空。
不知马兰入晨俎，何似燕麦摇春风？

后来袁枚的《随园食单》虽然也有记录，但马兰当菜的影响早些年始终偏在江南："马兰头菜，摘取嫩者，醋合笋拌食。油腻后食之，可以醒脾。"

看了我晾晒在朋友圈的春马兰照片，在湖塘居家隔离的老兄得瑟说，他早已吃过。我很不以为然，哼，你不刚从新加坡回来，还隔离着么？就你吃的马兰，肯定是大棚里的，有啥稀罕的。

我对马兰的习性非常熟悉，曾在《江南旧闻录》中有过详尽介绍，也吃过写过秋天的马兰。当然，大棚的马兰我也吃过。但是，野生的秋天马兰是气候变化季节变化生活方式变化的结果，吃也是一种尝鲜。至于大棚马兰，在北京的时候，有时会在淮扬菜馆吃到，聊以解思乡之馋。

在我小时候，马兰不仅是乡下穷人日常之菜肴，还被当成一种药材。马兰之药用在两个方面：一是叶子揉软，贴于刀伤跌破的创口，止血化瘀；二是相传清明前食用马兰，明目。止血化瘀，我信。乡下过去少药，割草打斗弄破了，无非就是用马兰叶救急，这是我小时候最好的创可贴消炎药。至于明目，虽然祖辈相传，但我一直似信未信，今天听闻，则是笑笑。

不过，我爱吃马兰，倒是实实在在，实心实意。虽然洪兴祖说马兰"气臭"，其实不是"臭"，而是一种异香，清香。

过去乡下吃的马兰，都长在田间地头田埂边上。后来本地种稻麦日少，感觉空余的菜地多了起来，就种起了马兰荠菜。但乡下的种法，跟大棚的工业化栽种完全不是一个概念。比如马兰，就是田埂边连土带根挖几株回来，扔在晒场前的地上或者葡萄地里的空地上，再也不用管它，一场雨过，全活了，一年四季，承受雨露霜雪，风吹日晒，第二年春天，满眼碧绿，摇曳人心，遂成桌上美味。这岂是大棚马兰可比！

这些年每逢春天，弟弟都会寄些马兰到北京给我尝鲜，每次来不及吃完，都有浪费，因为就我喜欢吃，如李时珍所言南人爱吃，且有特别的香味，北京出生的太座和姑娘都不习惯。不过，我没有尝过李时珍说的晒干或做馅的吃法，下次若再有马兰来不及吃完的情况，倒真可以试试不如晒些留待做馅。

故乡吃马兰很简单，挑拣回来，洗净，入油锅加盐爆炒，出锅即食。有时汆水出锅，滴香油加盐一拌，做凉菜，都可以。我在北京，也是两种做法：第一种，炒马兰，到最后剩菜汤拌饭，非常好，跟冬日霜打过的青菜汤拌饭有一拼；第二种，水焯之后的清汤，我都是当汤喝掉的，异香清热啊。

如今，马兰走出穷人的餐桌，已经是南方城市的美味，也随着中国经济繁荣社会开放货流顺畅而北伐。但城里人对马兰头拌香干的趋之若鹜，我自己一直不喜欢也瞧不上，一点马兰的香味都没有，塞进嘴里，食不知味，在我看来，这就是暴殄天物，纯粹是为了让人掏腰包的创意。

没有吃过整棵马兰爆炒或水焯过的人，没有吃过野生的马兰的人，都不能说自己吃过马兰。

晚上，弟妹在家炒的马兰，加了两棵青蒜，味道更丰富。若我晚上吃主食，肯定要用剩马兰汤来拌饭的。

故乡的马兰，贵在天赐，那是春天的味道。

一碗春韭馄饨

在故乡盘桓已久，我临时决定第二天返京。家里人都没有心理准备。不过，对于我的决定，大家也只是表示惊讶和遗憾，觉得太过匆忙。其实，2020 年的春天，我在家已经超过百日了。

按照家里的习惯，我要出门，总会比较隆重地准备我喜欢的菜肴来饯行，若是周末，弟弟的朋友还会过来一起小酌。

动身的那天早上，一大盆择洗干净的韭菜放在洗菜池边。我很奇怪，若是给我带回北京，不应该洗的。若是中午炒韭菜，也用不了这么多。

弟妹告诉我，中午吃馄饨，韭菜做馅。

全家都知道我爱吃馄饨。这个春天我在家的日子，不知吃了多少顿馄饨，从汤馄饨到油煎馄饨，从青菜肉馅到荠菜肉馅、马兰肉馅，今天弟妹又要做韭菜馅馄饨了。

我最喜欢的是青菜肉馅。不过，晚春时，家里的小青菜刚刚长出来，

▲馄饨

还不能吃，荠菜花也落了，这个季节的马兰也老了。不过，春韭当季，而且此时的韭菜味道最好。

我喜欢吃韭菜，平生在饭馆里吃到的第一碗馄饨也是韭菜馅的，但这样的馄饨一直被青菜荠菜肉馅馄饨牢牢压在后面，但凡有那两种馄饨在，韭菜馅馄饨就很少有被我翻牌的机会。

不过，自从我娶北京女子为妻后，一些习惯也在慢慢北方化，比如韭菜做馅。北方早些年几乎没有南方的馄饨，只有北方的饺子，我最初接受北方饺子的过程中，最能接受的是韭菜鸡蛋馅和韭菜肉馅饺子，但这并不意味着我也接受了韭菜馅馄饨。在我顽固的地域优越主义脑瓜里，饺子和馄饨虽然都用面粉，却是完全两种不同的食物，不同的做法——饺子皮比馄饨皮厚许多；不同的食用方法——饺子通常蘸醋，馄饨我则喜欢加汤和酱油。这背后是不同的文化背景、生活习惯，如果饺子和江南大馄饨放一起，我的选择里是不会有“饺子”这个词的。

不过，也正是这些年在北京有韭菜鸡蛋或韭菜猪肉馅的饺子打底，我渐渐接受了韭菜做馄饨馅，尤其是晚春和夏天回故乡，用自己家种的韭菜裹的馄饨。2019 年晚春回故乡，也吃过韭菜肉馅馄饨，感觉非常鲜美。我很奇怪为何从前不爱韭菜馅，甚至我还写了篇文章叫作《从此爱上韭菜馅馄饨》。

我很期待中午的韭菜馅馄饨。

水池边洗净的韭菜，是弟弟早上刚从地里割回来的，本韭，从未打过任何药，纤细，不起眼，远没有超市里大棚韭菜的肥硕色亮。但是，新鲜安全，韭香味十足。一早洗净摆着，是为了沥干。本韭新鲜，汤汁多，馄饨皮薄，不易裹。虽然沥干着，却丝毫不会影响本韭的滋润度，裹完馄饨，盆里依然有许多汤汁，这足以证明韭菜的品质。

今天的韭菜馅，弟妹炒了肉末，还炒了鸡蛋，一起和着切碎的韭菜拌馅。我照例尝尝了馅，虽然是生韭，却透着遏制不住的鲜美香味。

中午的时候，弟妹已经裹好了好几筛子馄饨。弟弟回家上灶下馄饨，我则在一个特大的碗放上猪油酱油，等着馄饨锅开。

我过去吃馄饨，除了猪油酱油，还喜欢放青蒜末。弟弟问要不要去地里割几根青蒜回来，我摇了摇头。因为新蒜是晚种，过了故乡青蒜最好的季节，味道一般了。加上是韭菜馅馄饨，韭菜味本身就很浓郁了。

我和弟弟一人端了一大碗，没有坐在饭桌边吃，而是坐在晒场边的石桌上，一边吃着馄饨，一边聊天。弟弟说，哎，这么好吃的韭菜馅馄饨，过去不知道怎么就不喜欢吃。现在觉得，真好吃啊。

这话，去年这个季节吃韭菜馅馄饨时，兄弟俩也说过。

也是。如今物质条件好了许多，韭菜放了荤物，油大，自然更香，不像过去，连放点菜油都舍不得。我念念不忘小时候第一次在镇山饭馆吃的韭菜馅馄饨，就是高汤油大，才觉得香的。当然，刚割下的自家种的新鲜韭菜做馅，一般人是很难享受到的，这恐怕也是一个很重要的因素吧。

北方有“出门饺子回家面”的习俗。一些朋友看我在社交媒体上晒的这碗馄饨，都用“出门饺子”这个北方传统来解读，其实与此无关，南方也不讲究这些。唯一相关的，就是家里人知道我的爱。这是家人的心意。

动身上路，我带上了母亲中午割回来的韭菜。在北京，我买了馄饨皮，用韭菜拌鸡蛋为馅，裹了许多馄饨。

红烧仔鹅肉

困守在家，鹅肉倒是结结实实吃了个酣畅淋漓。

不过，我还想吃，没吃够。

这些年，故乡盛行起烧鹅肉来，称寨桥老鹅。

寨桥离滆湖近，养鹅人家多，烧鹅出名，理属正常。不过，那都是很晚的事了，跟农家乐一样，吃不饱饭的时代，哪有什么特色菜！

我家所在的地方，过去虽然也有养鹅的，但少，离大河和湖远，养鸡鸭多。弟弟烧鹅是跟普通农家一样，无论红烧炖汤，能做熟，倒是鹅肉原味，只是一般而已。所以，我回家的时候，弟弟自己都不会亲自动手给我烧鹅，总是找他的哥们来烧。这也叫扬长避短。

要说我吃过的烧得最好的寨桥老鹅，都不是寨桥人做的，一个是南夏墅的志刚，他是我弟弟的朋友，不是厨师，而是做机械加工的小老板，跟他父亲学做的干烧老鹅，一绝；另一个是我邻村的文伟，弟弟的同学，他是专业

▲红烧仔鹅肉

厨师，做的是红烧老鹅，也是一绝。

我吃过志刚的干烧老鹅后，写过一篇夸赞的文章，文伟读到，很不服气，于是买鹅红烧做好给我送来，真是大赞。我后来写过一篇《斗鹅记》，讲他们俩烧鹅的故事，朋友读后都笑我得意得就像鹬蚌相争得利的渔翁。

他们俩烧老鹅有两个要求，一要 5 斤以上的老鹅，二要时间足够，主要是挑鹅备料和烧的时间。

我后来回家，无论宴请各地来访的师友，还是自己宅家，文伟都会给我做一次红烧老鹅，让我品尝，来自异乡的朋友更是赞不绝口。这一次，他又在家烧好鹅肉，打电话让我弟妹到他家拿回来，连带还有他媳妇裹的馄饨。

文伟这次做的鹅肉，依旧跟从前烧的一样，红烧，带些汤汁，偏甜口，但咸甜适中，非常适合我的味蕾，而且汤汁可以浇饭，宿醉醒来，若是吃上这样一份红烧鹅肉加汤汁拌饭，一下子就会复原精神抖擞的。

常年在异乡生活，我其实很少吃偏甜口的食物了。但文伟红烧的偏甜的鹅肉，我没有一些不适感。太座自小在北京生活，向来不喜甜口，荤食吃得也少，有一年吃了文伟做的红烧老鹅，却是大赞，吃了好多。结婚二十多年，我从来没见她这么吃肉过。

这次文伟炖得比较烂，且弟妹拿回家后，又在饭锅上蒸了一下，对于牙口不太好了的父亲和我来说，本来是最适合的。不过，父亲尝了一块后没有再吃，老爷子不习惯的红烧老鹅里加了去腥增味的香菜！

老爷子跟我说，烧鸡鸭鹅鱼，不能放“乱七八糟”的东西，油盐酱醋糖之外，放点生姜料酒。若是放了什么香料，肉的本味就吃不出来了，还串味。老爷子还说，这只鹅不够老，是只新雌鹅，肉没得可吃的。

后面这一句我可没想到，老爷子还真是食客，挺讲究。老爷子向来不习惯北京的烧肉烧鱼方法，受不了使劲加大料陈皮。当然，我也不习惯，拖了很长时间才在烧肉时加大料，因为肉质实在太差，全靠这些料来盖味。

但是，文伟做的红烧鹅加的香菜，与大料等不同，这个味道我很习惯，毫无父亲的那种不适感。这也许就是我们父子两代人的差异，他老人家一辈子守着土地，只习惯喜欢自己熟悉的，而我的经历远远超过了父亲，理解并接受了更广更多元复杂的世界。对于味道的接受，也是如此。

不过，父亲说文伟这次的鹅年龄不够大，还是母的，这我倒吃不出来。后来问过文伟，他笑着说，还是伯伯老江湖，一口就吃出来了。

这次从文伟家带回来的鹅肉，基本上我是主力军。刚中午用鹅肉下饭，吃了好几块；晚上和弟弟喝酒，鹅肉尤其是鹅掌鹅脑和带骨头的鹅肉，搭酒很般配；第三顿没吃主食，也没喝酒，我就空口吃，把剩下的最后全消灭了。从文伟家端回来的一盆红烧鹅肉，一大半都进了我的肚子，既满足，又意犹未尽。

现在回想，还是四个字——真好吃啊。

斗　鹅

故乡有些地方近太湖和滆湖。近太湖的地方喜欢养鹅，比如故乡的寨桥，因近滆湖，养鹅人多。寨桥的一位女同学曾跟我说，小时候端午前或中秋前，村里听到鹅叫，小孩们都会去围观，必定是“新官人”（北方所说的新姑爷）上门“张节”（姑爷遇上佳节买了礼物到老丈人家探亲）。后来市场经济勃然兴起，养鹅，成名的故乡也就出了一道特色地方菜，叫寨桥老鹅，成为常武名菜。我的一位女同学，选择前黄和湖塘等地，开了数家寨桥老鹅店，人气很旺。

尽管寨桥老鹅香气四溢，名动故乡，我在饭馆吃到的却都没有想象的那样出彩，除了老鹅血汤尚能入我法眼，其他也不过尔尔。跟故乡友人喝酒聊天及此，开机械加工厂的朋友志刚当即跟我说：老兄，不是老鹅不好吃，你是没吃到做得好的老鹅，饭店里的老鹅都是程式化制作，哪能做出绝味啊？到我家吃，我给你做，只要提前一天打招呼，容我去集市挑一只五年以上的老鹅即可。席间朋友纷纷背书，说志刚跟他当厨师的父亲学的，做的干烧老鹅实是一绝，一定要尝尝。

2014 年 7 月回故乡，志刚在他家里用了四个小时，炖了只老鹅，请我一尝，果然名不虚传，我没想到五大三粗的志刚，竟然能将老鹅炖出细腻的味道来。我食指大动，吃了好多，全然忘了减肥健身，甚至还写下一篇《志刚的干烧鹅》，描述吃到真正美味老鹅的感觉。

没想到，我的盛赞惹恼了另一位朋友，是我弟弟的同学，也是我说回家要跟他学手艺的师傅——邻村的文伟。我每次回去，他总要烧两个菜送来，让我尝尝。他做的糟扣肉真是一绝，我吃过以后还曾经写了一篇《故乡的糟扣肉》。

那一天，我弟弟和文伟等同学老友在农家乐聚会，觉得老鹅烧得一般，有人提起志刚的干烧鹅。文伟急了，难道我一个专业厨师烧鹅还比不过业余厨子？哪天朱兄有空，我做好老鹅给送过去，尝尝是我的手艺好还是志刚的好？

得知我家提前过“七月半”（中元节）的消息后，文伟跟我联系，说要烧两个菜送过来，一个是传统的糟扣肉，另一个是干烧老鹅，还问我要红烧还是白烧。我想了下，说，既然志刚做的是红烧，你也做红烧的吧。

文伟跟菜市场联系，要求挑一只五年以上的老鹅，必须是公的，“雄戆鹅比雌的肉质好”。我问雄鹅好在什么地方，文伟没细说，这大概是他的职业经验吧。作为菜市场的大主顾老主顾，卖鹅的自然精心挑选鹅，一只五年以上有十来斤重的老鹅，杀好收拾好后给文伟送了去。

"七月半"的早上，文伟把老鹅切块，用清水洗净，沥干，然后开做。与志刚主要用啤酒干炖的野狐禅做法不同，他走的是玄门正宗的路子。先放一点点菜油，油热后加进老鹅的鹅油翻炒热锅，然后倒入鹅肉块，翻炒之后加生姜片、白糖和豆瓣酱，还要加上灵草，这是一种古老的香料，我没听说过，文伟说能起到除腥增香之效，然后倒入啤酒，煨炖两个半小时多，出锅。

十点半的时候，给我送来了。文伟用锅装着老鹅送上门来，我刚给祖宗磕完头，家里祭祖到了尾声。弟弟把鹅端进饭厅，满室生香，既有鹅肉的香味，也有香草（灵草）的香味。打开锅盖，浓油赤酱，油光发亮，特别诱人。

我迫不及待地用手拈了一块还冒着热气的老鹅肉，塞进嘴里，哇，鲜美嫩滑。舌尖上几个翻滚，骨头干干净净吐了出来，鹅肉已然下肚。

味道非常好。我一边跟太座说，一边用手拈了第二块。太座向来不甚喜欢吃荤货，闻到香味后也跃跃欲试了，听我一讲，拿双筷子，端着碗，夹了块鹅肉吃了起来。一块吃完，又夹了第二块，还边吃边说，哟，这鹅肉真好吃，真酥烂，咸甜口味，正对我胃口。

太座是北方人，吃什么都喜欢放酱油红烧的，文伟的干烧鹅浓油赤酱，正对她喜好。虽然是五年以上的大老鹅，看着很油腻，吃起来却一点都感觉不出来。尤其是鹅的瘦肉，被自身的鹅油浸淫滋润后，不仅没有那种越烧越柴吃到最后一口渣的感觉，反而觉得很鲜嫩。向来不喜欢吃一切瘦肉的我，非常喜欢这种老鹅的瘦肉。

我们空口吃了好几块，像我这样的老饕，这样像饿煞鬼般抢着吃很正常，没想到太座也不再顾忌仪态开吃。反正是在家里，都是自己人，无所谓了。突然，太座说，这干烧鹅佩佩（我姑娘）一定爱吃，我给她夹一碗送楼上去。

中午，我的两位老弟来家喝酒，对文伟的干烧鹅交口称赞，用干烧鹅下酒，真是合适和美，我和太座又吃了好多块。一位老弟说，如果再适当减些甜口，可能更好。太座不同意，说这种甜口，正对她胃口，若增一分，则可能过甜腻，若减一分，怕不如现在好吃了。我也觉得这种甜口，比之无锡的腻，正合常州人的味觉，不愧专业厨师，分寸火候掌握得好。一直在意身材形体保持的姑娘后来跟我说，这鹅肉真好吃，我吃了好多块欸。

晚上文伟过来小酌，问味道如何。我自然大赞，说和志刚烧得各有千秋。弟弟笑着说，回头让文伟和志刚再斗一下白烧鹅。文伟很高兴，说，老兄，我还有一个看家菜，青鱼烧长肠，春节回来，我给你做！

吃完文伟的干烧鹅，我又自然写了一篇文章。同学看了后很不忿，说，朱学东，你这纯粹是“挑动群众斗群众”，自己坐收渔翁之利，趁机奢靡，吃喝享乐！

黄芽菜的味道

这次返乡，在家吃了一次黄芽菜，素炒，弟弟放了酱油。

我跟弟弟说，不应该放酱油的。素炒黄芽菜放酱油，简直是暴殄天物。不过，若依出身北方的太座，大概除了放酱油，最好还要放点醋才是最好的。

我家种了白菜和包菜，但没种黄芽菜，家里吃的黄芽菜，是到嫁到好几里外的一个同村族姐家拔的。母亲说，去年种了，来不及吃，好多都坏了，卖又不好卖。今年情况略不同，父亲告诉我，去年黄芽菜刚上市，大概五毛钱一斤，后来菜都上来了，也就卖三毛钱，疫情来了，“现在得卖两三块一斤吧”？

黄芽菜属于白菜的一种，也曾是故乡冬日当家菜。跟故乡经过霜打的青菜一样，一炒便烂，不过比青菜更甜，也有独特的香味——这种清香，是黄芽菜的北方的高产改良品种大白菜所不及的。不过，我少年时代习惯的这种甜味，如今满鬓苍苍已然有些不习惯了。

故乡的黄芽菜，有说是白菜南渡的改良品种，也有说白菜是黄芽菜的转折亲后代。宋人成都唐慎微是著名药学家，著有《证类本草》，认为黄芽菜是白菜南种，“唐本注云：菘菜不生北土，有人将子北种，初一年半为芜菁，二年菘种都绝，将芜菁子南种，亦二年都变。土地所宜，颇有此例”。这里说的“菘菜”，即是白菜和黄芽菜的古称。

鲁迅先生在《藤野先生》一文中，谈到“物以稀为贵”，举的例子就是北方的大白菜南征：“北京的白菜运往浙江，便用红头绳系住菜根，倒挂在水果店头，尊为‘胶菜’。”汪曾祺在《冬天》一文中也说，“大白菜是从山东运来的，美其名曰‘黄芽菜’，很贵”。这些不重要，重要的在于，江南的黄芽菜，味道跟北方的白菜几乎完全不是一个味道。

吾友杨葵，号称善治清水煮白菜豆腐，绝味。清水白菜，我上大学时也常整，深夜饥寒交加，路边顺手抄棵白菜，撕掉外皮，宿舍里则是手撕成块，往电炉上加水了的饭盆里一煮，没油没有盐，也是美味。清水白菜成了名菜，葵兄当有秘诀，但我想，若葵兄用黄芽菜清水煮，味道应绝非一般白菜可敌。

南朝丹阳陶弘景说，“菜中有菘，最为常食”。我客寓北地三十余年，也喜欢上了北方的白菜，可以吃一个冬天而不厌从醋熘白菜、酸辣白菜、辣白菜、白菜猪肉粉条和白菜冻豆腐粉条，一直到朝鲜族的辣白菜、烫火锅等。如今北方的白菜，通常要用重口味调，酱油辣椒醋，少了似不提味。断不像江南的黄芽菜，只需油盐，清爽而味鲜美。

袁枚说黄芽菜以北方来者为佳，“或用醋搂，或加虾米煨之，一熟便吃，迟则色味俱变”。我在北京这么多年，确实没听说过北方也有黄芽菜，更不用说北方“来者为佳”了，也许是我孤陋寡闻了。不过，袁枚说的“一熟便吃，迟则色味俱变”倒是真的，黄芽菜出锅趁热吃最佳。至于烫火锅，尤其北京铜锅，依个人经验，黄芽菜尤胜于大白菜。

黄芽菜也可以用来荤烧，比如黄芽菜炒肉丝，如今在故乡也是冬日常见做法。袁枚不仅述称可用虾米煨黄芽菜（其实白菜虾米、黄芽菜虾米我个人皆不喜），还在《随园食单》里记录过“黄芽菜煨火腿”“黄芽菜炒鸡”的做法。前者至今仍有流行，我也曾吃过不止一次，淮扬菜馆有，不过或者太过讲究，反而失其真味，或者多用白菜心冒充，让我感觉都一般。至于“黄芽菜炒鸡”，已无听闻，遑论品尝，或许择日自己倒可以试试。

在宋朝时，黄芽菜还有一种做法，作为烧河豚的配菜，不过如今已经消失。曾在宋人记录中读到这种做法，后来求证于江乡烧河豚的各路大厨，却无人知道黄芽菜还可以当河豚配菜。吃河豚兴盛源于宋人，黄芽菜配烧河豚，此说定不谬，只能说如今已失传了。

或在中国美食史上，黄芽菜的地位不可小觑。黄芽菜的古称为“葑”“菘”，这是对白菜品类的统称，不知何时起有了“黄芽菜”这样的俗名。《诗经》曾云“采葑采菲，无以下体”，此“葑”有说是蔓菁的，乡邑前辈训诂大家段玉裁则说，在南为“菘”，在北为“蔓菁”，唐慎微则说菘籽黑，蔓菁籽赤。我倒是没注意过黄芽菜籽的颜色，因为从来都是未等到黄芽菜长苔就吃掉了。

在我顽固的地域偏见中，常常自认为“菘”这个白菜的古称，其实是专指“黄芽菜”。因为那些诗文中的菘菜故事，明显以江南居多。

人们常说的“早韭晚菘”，就出自南齐周颙故事。周颙虽是河南人，却在南齐为官，后隐于钟山。“颙于钟山西立隐舍……卫将军王俭谓颙曰：‘卿山中何所食？’颙曰：‘赤米白盐，绿葵紫蓼。’文惠太子问颙：‘菜食何味最胜？’颙曰：‘春初早韭，秋末晚菘。’”（《南史·周颙传》）

清人苏州尤侗有首写黄芽菜的词，《霜叶飞·黄芽菜》，我很喜欢：

吾家老圃东篱下，曾将野菜修谱。
但知春韭与秋菘，食荠肠还苦。
今领略、长安杂俎。黄芽一把和盐煮。
觉入口甘香，似燕赵佳人风致，冷淡如许。

君看辇上华筵，金齑玉脍，谁向此君下箸。
偏生我辈一条冰，堪作冰壶侣。
任嚼出、宫商徵羽。只愁面色平分取。
却回思、故乡味，千里莼羹，惟吾与汝。

水腌菜，江南农家经典

宅居江南的日子，父母兄弟总是更操心一日三餐，想着做我从小爱吃的给我解馋。我喜欢，但也不希望家里刻意这么做。有一天晚饭，我像发现新大陆似的，咕哝了一句：“哎，好像少一个菜啊，这几天都没有见水腌菜。”

母亲顺手从身后的储物条案上，端过来一盘只有盘底还剩一撮的水腌菜：“喏，前些天剩下的。这两天没炒。”

也是，春节过年这些日子，白天晚上都是大餐，早饭都是团子馄饨，或者特意熬的咸粥剩下后熗熗，搭粥的水腌菜更是轮不到上台面。

但是，水腌菜曾是冬日江南农家早晚的当家菜啊。

腌菜是中国的饮食传统。《周礼》即有记载：“凡祭祀……以五齑、七醢、七菹、三臡、实之。”菹，腌菜之意，七菹是指韭、韭花、芹、苔菜、笋、莼菜、冬葵七种腌菜。

我小时候，到了故乡冬日，家家户户都做水腌菜和咸菜。在过去的故乡，它们虽然都是早晚当家菜，后来常被通称为咸菜，却是两种不同做法的菜。

咸菜通常是将青菜、雪地蕻、萝卜秧等洗净晾干切碎，晾晒后塞在瓮头里，覆上一层粗盐粒子，把瓮头密封好，过一段时间食用。腌好后开瓮的咸菜，口感会比水腌菜要干涩些，但也是吃粥伴侣，比水腌菜保存期长，精细人家能撑过一个春天。

水腌菜的做法不太一样。我曾经在《江南旧闻录》里专门写过做法：

把自留地上种植的青菜割回来，剁掉菜根，摘掉黄叶，挑到河边埠头上洗干净。然后撑起竹竿，把每一棵青菜分开，挂在竹竿上沥干。

沥干，其实就是将洗过的青菜上的水滴干，属于阴干，而不是晒干。

找一口水缸，在底上撒一层粗盐，然后把沥干之后的青菜，一层层在水缸里排起来，排完一层青菜，撒上一层粗盐，然后再排上一层青菜，接着又是一层粗盐……一层层菜一层层盐，水缸里渐渐满了起来。

青菜帮叶都比较疏松，于是，踩青菜（俗称“踏青菜”）便成了做水腌菜的一道不可或缺的工序，在每一层青菜和盐粒铺好之后就开始了。

做水腌菜的时候，家里的小男孩们早已迫不及待，提前洗完脚坐在水缸边的凳子上等着。

当第一层青菜铺下的时候，他们便兴高采烈地翻进水缸，就一件事，踩踏刚铺下的青菜……

当然，现在腌菜不踩了，腌的时候摁实了，大多用青石或者砖块装在塑料袋里压住。

▲水腌菜

不像咸菜切碎腌，水腌菜是整棵腌。但是，用来腌水腌菜的原料是一样的，青菜、雪地蕻（雪地蕻和萝卜叶子腌咸菜更多）、芥菜、白菜都可以。袁枚的《随园食单》则有用黄芽菜做腌菜的记录，黄芽菜是白菜的一种，不过香甜许多："腌冬菜、黄芽菜，淡则味鲜，咸则味恶。然欲久放，则非盐不可。常腌一大坛，三伏时开之，上半截虽臭、烂，而下次半截香美异常，色白如玉。甚矣！相士之不可但观皮毛也。"

上一次我家做的水腌菜，是青菜、白菜和一种"奶头芥菜"（方言）。故乡这些蔬菜，水分充足，经盐腌过，水缸和瓮头里都会有很多水，这是菜里自身渗出的菜液。一个冬天和早春，水腌菜就浸泡在菜

▲水腌菜

液里面，想吃的话，随时捞出来用清水冲洗一下就行。

过去家里做水腌菜，不仅放在专门的大水缸里，还放在瓮头里，要做很多。做很多，无非就是要靠它度过冬天和春天。

我小时候，常常和弟弟们偷翻腌菜缸里的菜心，生吃，哧嫩，绝对是美味。虽然今天来说有些咸，但在那个物质匮乏的时代，咸就是鲜味。

在过去，水腌菜、咸菜和腌萝卜，都是江南农家冬日和春天早晚的当家菜，最为经典。大雪封门，天寒地冻，无处弄新鲜蔬菜？那就，翻出几棵水腌菜，井水一冲，洗净后切碎即可搭粥，绝配。条件好的，切碎用油爆一下；条件再好一点，放点青豆一爆，更好。

经济条件稍微好转后，人们推出了更多美味，水腌菜炒蚕豆板，水腌菜烧蚕豆汤，水腌菜烧豆腐，水腌菜炒肉丝，水腌菜烧鱼，等等，尤其水腌菜烧昂公、水腌菜爆炒糠虾、水腌菜烧杂鱼及杂鱼冻，已是故乡经典名菜。各地朋友到我家喝酒，弟弟做的水腌菜杂鱼，大受异乡朋友欢迎。

我无“腌”不欢。

今年家里的水腌菜已经熟透了，稍微有些软烂，没有了我小时候生吃的那种清脆感觉。这个春节，弟弟做了一次青豆炒水腌菜，母亲单爆了水腌菜。这些水腌菜，仍然是搭粥的绝配，我这几次吃泡饭，都夹了很多，中午吃饭，也会夹一筷子。甚至，午夜我上楼睡觉洗漱完了，也会打开桌罩，用手指夹点放嘴里，边吃边上楼。

对于我来说，水腌菜不仅是搭粥绝配，下饭也很好。尤其是酒酣耳热、残羹冷炙时，一盘水腌菜上来，味足爽口，又可再添二两！

许多朋友觉得腌渍的食品不健康，劝我少食，但是，我依然甘之如饴。在人类的生存史上，其实很多东西，用科学和当前的健康观是很难解释的。我觉得我的肠胃和味觉已经适应了这些故乡的味道，哪怕今天看来不那么健康和卫生。

我喜欢水腌菜。

酒爆地盘青

酒爆地盘青，本质上和酒爆荷花郎属于同一类菜。

地盘青与荷花郎同宗转折亲，属于苜蓿一脉，不过吃起来的感觉还是不一样的。用我们村长辈的话说，地盘青的味道要比荷花郎更鲜更香。

地盘青，还有人喜欢说秧草、草头，乡下人还喜欢叫金花菜。这些说法，都有其道理。

比如，地盘青虽同苜蓿一类，但它和荷花郎向上疯长的长势不一样。它就是伏地魔，趴地上伸长，向上长很有限，而且老了也是青的，称其“地盘青”很形象。至于说“草头”，地盘青的嫩叶嫩尖最是美味，吃的是草尖草叶草头，也自然没错。“金花菜”的叫法，源于它的花。

荷花郎开紫红色花，地盘青老了，开的则是金黄色的花，故称其“金花菜”，也形象。

我家其实每年都种地盘青，门口晒场边的棕榈树下和桂花树下，就长了不少。但今年早春，我在家待了一个多月了，家里没有烧过一次地盘青，而且，我记忆中家里似乎很少吃地盘青。

我的《江南旧闻录》里，自然有地盘青的位置。我吃过河豚烧地盘青，河蚌烧地盘青，酒爆地盘青，甚至还吃过很少有人做的地盘青烧鸡鸭血汤。当然，做得最好的素地盘青，都是在江阴。

江阴也属乡邑之地，旧属常州八邑之一，风俗习惯与武进十分接近。我曾祖少年时，即是从江阴璜土随乡人乘船南漂，落户阳湖前黄，娶妻生子扎根。

2020 年早春，疫情恐慌缓解后第一次出门，去江阴办差，热情的江阴朋友一定要留我吃饭。其时，江阴的饭馆跟武进一样，尚未被允许营业，友人找了一位开饭店手艺好的朋友，置办了些菜肴，请他亲自掌勺主厨，家人充任上菜的服务员的角色。

席间有一道素菜，我很熟悉，若不是疫情，常州、武进、江阴、宜兴、靖江等地的餐馆，无论大小，几乎家家都应该会有，那就是酒爆地盘青，做得非常好。在我的味蕾记忆中，比我在常州、武进诸餐馆吃过的都要好，比我刚刚吃过的酒爆荷花郎也要好。

酒爆地盘青的做法和鲜香，与荷花郎是共通的，不同的是前者原料挑选更嫩。别看地盘青的茎梗细小，但它和荷花郎都是粗纤维。给河豚河蚌当配菜时，河豚河蚌的光芒掩盖了地盘青选料偏老的不足，很多人的注意力在主菜上。到了一些人家或餐馆素炒地盘青时，地盘青的选料优劣立即就显示了出来。比如我家，难得做地盘青，即使做，按老人的习惯，只要还能吃的，总舍不得扔，不管其他，加上有时炒的时候火候过了，老了，常常会有纤维粗筋头拉扯的感觉，虽然不影响美味，口感却差了许多。

但是，这次在江阴吃的酒爆地盘青，完全没有这种口感，吃的时候很干净利索，不仅鲜香，还不拖泥带水。没得说，地盘青摘得嫩，炒时火候也好。

不过，我吃到最好的酒爆地盘青，是在江阴苏墅桥镇上的一家没有招牌的小店里。推荐给我的是小店的卤菜，酒爆地盘青是意外的收获。我去店家吃卤菜时，点了一份地盘青，却赢得了我和两位同席女士的齐声赞美，都觉得很少吃到这么好的地盘青，尤其是快要过季的时候。

大厨兼老板娘看见我们这样开心，便透露了她做地盘青的秘密，就是选料——地盘青都要摘叶子和嫩尖，还不能是老叶子。

我不由咋舌。想想，得花多大工夫才能摘够炒得出一盘菜的嫩叶和嫩尖啊。乡镇无名小店里的一盘地盘青，哪怕神仙也流口水的，又能卖多贵呢？这是做小生意、本地生意的诚意啊。

怪不得大店里很少吃到好的地盘青。

3月8日中午，弟弟炒了盘酒爆地盘青，酒香和地盘青清香都有，不过还是我说的问题，家常炒地盘青，只要能吃的都不愿意扔，不会去挑最嫩的。即使不再稀罕，还是这样，生活习惯很难改变。

油煎香葱团子

我已经记不起来上次吃香葱摊饼是哪一年，大概有四十年了吧。

这个季节，田野里的香葱，正享受着春风吹拂。

3 月的下午，我要去常州喝酒，母亲从地里割了许多香葱回来，坐在小凳子上摘香葱。我说晚上不住家里，母亲抬头问我："明天早上回家吃早饭么？回来我就给你用香葱摊饼。"我一听，赶紧说："回，回，回。"

若干年前，邻居曾给我送过一把地里挖回的香葱，当时我杂事缠身，没顾上收下这份礼物，也就错过了吃香葱摊饼的机会。

香葱是故乡旧物，过去多为野生，我小时候吃的香葱，全部是生在路边茅草丛中或河边高埂地上。也可栽种——只要挖出香葱的葱头，应季排下，自然可以长出。我家晒场边的棕榈树下，就排着几簇香葱，长势喜人，但几乎没有人想到割它做菜吃。

香葱虽名为葱，吃起来也有葱香，但与北方栽种的大葱、南方栽种的胡葱都不同，其形更为纤细，弱不禁风。无论野生还是排种的香葱，都不像大葱胡葱一般，能挺直身躯直刺天空，而是身躯柔软，易趴伏，或倚伴生植物而立，比如茅草丛中的野香葱。香葱的根茎，像很细的蒜头——也有地方叫野蒜、小蒜。我至今不知它的学名，虽然有人说是“薤”，且外形也像，但我有些不愿接受，因为薤据说也是藠头，但香葱绝对不是藠头。我还是喜欢称之为香葱，那是故乡代代相传的名字。

故乡称其为香葱，是取其形意，我觉得实至名归，非常贴切。纤细柔弱的小香葱，味道与大葱胡葱都不太一样，吃的时候没有那种浓郁刺鼻的葱味，是真正“香”的葱。

香葱在故乡，过去主要是摊饼做团子。虽然饼和团子都是主食一类，但用香葱做，其实是春天难得的“尝鲜解馋”。

我小时候印象最深的就是香葱摊饼，把摘回来的野生香葱洗净切断，用米粉和之，然后在热锅里沥油，摊饼（烙饼）。米粉和香葱，清清白白，带着油锅煎出的焦黄色，加上香葱熟后的清香，非常诱人，尤其对小孩有很大杀伤力。当然，用面粉做香葱摊饼，也应该是非常好的。太座是老北京，烙饼手艺很好。她在家烙饼时，我常想，如果加点香葱，味道定然更好。可惜，她从未在香葱当季时下过江南。

不过，当年农村严重缺少食油，即使是春天香葱当季时，吃香葱煎饼也很难得，更像是解馋尝鲜。后来经济好转，江南原野丰沃的一面被激发，遍地都是唾手可得的美味，需要费心挑拣的野生香葱渐渐被人遗忘在一边。直到近些年，人们有了闲情逸致，重新发现了被忽略的香葱之美。我们家就摘了好多香葱，春天也吃。

我一直以为母亲会用香葱来摊饼，早上回家，发现母亲做的是香葱团子，米粉里放了许多香葱，油煎，就像煎糍团一样，外焦里嫩，一咬开，香葱独特的清香味迅速飘散开来，充溢了口腔。我闭上眼睛，细细品味这清香，四十年未曾相遇，竟是如此熟悉。

我一下子吃了七个！

我后来想，要是用汤来下，这香葱团子，也应该是很好吃的，哦，香葱摊鸡蛋也会别有风味。回头我要挑点香葱，自己试一下。

蒸山芋，勾起儿时记忆

中午吃完一碗半米饭，放下饭碗，忍不住又拿了一块蒸山芋，一边吃一边离开厨房。遥远却熟悉的味道，溢满了口腔。

这是今年母亲第二次在饭锅上蒸山芋，也是我今年第二次吃山芋，每次都一块。

山芋，是红薯的一种。故乡的山芋不如北方的红薯甜，也不像北方红薯蒸熟后的软烂，内里的颜色也不是红的，生为白色，熟则为淡黄褐色。过去故乡种山芋，偶有遇上今日北方常见的那种红薯，是很稀罕的，俗称溏心山芋，或黄心山芋，还是因为少见多怪。

山芋是外来物种，也叫番薯。“番”即来自海外。山芋最早产于南美洲，中国是明朝从菲律宾移植过来的。山芋的大规模种植，对于人口快速增长的中国而言，荒年救济居功至伟。在我成长的岁月中，山芋亦有救助之功。

我小时候，农村家家户户种山芋，春种秋收，中间屡经折腾。从山芋才长出须块来，乡村顽童就惦记上了，直到秋天收获季节，中间不知道要被顽童偷掉多少，好在山芋的产量真的很高，顽童偷得再多，也是微乎其微。我曾经写过一篇《江南旧闻录》，关于少年偷山芋的记忆，大名鼎鼎的熊晓鸽读到后竟然转发了，跟我说：学东，我小时候也干过这样的事。熊先生是湖南人。

山芋浑身都是宝。夏天，薯藤漫游，叶子可以喂猪羊，撕掉藤皮（皮也可以喂猪羊）炒着吃，便是故乡一道特色菜，叫炒山芋杠（梗），至今仍颇受欢迎。我后来到了广州，才知道那里的人连山芋叶也炒着吃。山芋藤老了，藤蔓可以垫羊圈，羊还会啃咬。

山芋可以生吃，像水果似的，可以蒸煮熟吃，可以扔在灶膛里煨烤着吃，可以晒山芋干（生晒熟晒皆可）。山芋富含淀粉，还可以打碎后做粉丝，故乡自家刨的山芋粉丝，非常受欢迎。弟弟给我寄过一些，北方的岳父母也特别喜欢。

我小时候山芋吃得非常多，每年收了山芋，家家早上都是煮一大锅，每人一碗，当主食吃。当年作为主食的米面不够，山芋上市的时候，充当了一段时间的主食角色，还可以省菜。除了煮，切块放粥锅里也行，这样的粥可以很稀很好吃，带着甜味。当然，还有蒸，切块放饭锅上蒸，米饭便可以尽量少煮些，用蒸的山芋来充抵。一切都是为了节省主粮，山芋这个杂粮才担纲主力。至于北京冬天曾经香飘满城的那种烤红薯，在故乡是没有的，那是为了给城里人解馋，正好也让他们掏腰包。

故乡山芋，淀粉多，吃多了嘴里干噎得很，所以通常配很稀的粥，而且

▲蒸山芋

吃多了也多胃酸，容易反胃恶心。但是，在困穷的年代，有山芋吃，也是一种福气。

后来我到北京学习、生活，冬日满大街的烤红薯很吸引我，闻着很香，不过还是很少吃，因为一看到山芋，生理心理都会起反应，胃里会泛酸水，很长一段时间都这样。无他，小时候吃山芋吃太多吃伤了。

但是，这些年每次回家，要么不当季，要么来去匆匆，除了北方的红薯和故乡的炒山芋梗外，我都没有再接触过故乡的山芋，已久不知故乡山芋的味道了。我没想到，这一次有空在家待这么久，也没想到新年头上，母亲竟然蒸了山芋。要知道，我小时候，故乡的冬天很冷，山芋很难保存，堆在墙角盖上稻草也容易坏，要想不坏，必须挖地窖存放，存放下来的山芋，会很甜。所以，过去冬天家里通常只有生山芋干，烧咸粥时放，吃不到蒸山芋。现在受温室效应影响，故乡冬日很少有小时候那种连续的低温寒冷，且如今室内空调电暖器等多，温度更高，山芋倒是容易保存下来。

母亲这两天蒸的山芋，是姑姑他们送来的。我们家现在种得不多了，也就解个馋，所以早吃没了。

三十年没吃到故乡山芋的我，虽然这两天每次只小心翼翼地吃一块，但是，粉粉的、甜甜的回味，依然是熟悉而遥远。如此浅尝辄止，对于蒸山芋也还有了新的感受，它不再干涩噎人，甚至有了吃板栗的香甜。

这样的感觉，我小时候从来没有体验到过。

酒爆荷花郎

早春宅在江南，荷花郎是唯一出乎意外的一道菜。

说意外，是因为理论上不太应季。这个时节，吃地盘青正常，但吃荷花郎，似还未到季节，但我吃到了，所以觉着意外。

2 月的最后一天，同学携家人在朋友饭馆请我喝酒。疫情时期酒楼关张，本地熟悉的村民偶有小聚，都是老板亲自下厨，也算是家宴，不过是借了老板手艺和地方，省了家里收拾的麻烦。

开席前刚倒上白酒，一位老大哥笑嘻嘻地说，他要端杯酒去厨房烧菜用。我有些好奇。本地烧菜，这个季节正是米酒当季，用米酒佐料最佳，用得上白酒的，无非就是炒地盘青和荷花郎。

及菜上桌，果然，而且还是酒爆荷花郎，自然是又喜又惊。喜的是竟然这个季节能吃到荷花郎，还是我爱吃的酒爆荷花郎；惊的是因为我一直认为荷花郎不到时令，还得过些日子，这个时候吃，绝对算尝鲜了。

荷花郎又名紫云英，是一种苜蓿草。开紫红花，蜜蜂喜欢，过去做饲料喂猪，也是一种肥田的绿肥，人也可食用。我小时候故乡成片种植。

我小时候对荷花郎非常熟悉，也非常喜欢。蓝天白云下，荷花郎绿碧紫红，在春风中摇曳，我们在荷花郎地里割草，偷荷花郎喂兔子或回家炒了当菜，看着它们被切断扔进草塘和淤泥一起发酵，或者看到老了带籽的荷花郎堆满晒场，都是美好的记忆。

但我的父祖辈对荷花郎却有惨痛的记忆——前些年我跟父母说种点荷花郎，他们表现出从未有过的犹疑不决，我后来才明白，这与荷花郎给我父母这一代人带来的几乎都是残酷的记忆有关。

与同为苜蓿类的地盘青一直是餐桌主角不同——地盘青烧河豚和炒地盘青都是地方名菜——荷花郎作为食物，最初都是与“饥饿”“青紫病”相连。因为新鲜荷花郎中含硝酸盐多，过多摄入容易还原成亚硝酸盐中毒，所以做饲料喂猪较多。但因为饥饿且又缺油盐，所以那个时代吃荷花郎得青紫病的多。跟猪一样吃荷花郎，最好的美味也就成了毒药一般，以至于我离开家乡后，从来对我言听计从的父母，听我说要种荷花郎，却露出为难情绪，这是心理阴影所致。

但是，荷花郎确实是时令美味，而且吃荷花郎最讲时令，短短几天，过季则无。我觉得它当季的时候，好好料理，味道不逊名菜地盘青，尽管它比地盘青长得高大粗壮，但也正因此，肉厚肥美。酒爆荷花郎就是很晚出现的一道江南名菜。不知江南何地何人，某天清炒荷花郎，倒入了些酒，酒气在热锅里一散，一道普通的农家菜，从此成了江南席上珍馐。江南人家，自此都知道了这道菜。

酒爆荷花郎的做法很简单，将挑好的荷花郎嫩梗叶——切断或整株都行，必须选嫩的——入油锅爆炒，六七分熟时倒入白酒——高度白酒最好，热锅酒气一散，融入荷花郎的清香，翻炒几下出锅，香味扑鼻，满眼青碧，入口嫩脆，香溢满腔。

我小时候江南曾遍种荷花郎，如今很少见了。一般江南的酒店，做酒爆荷花郎的不多，因荷花郎长起来后老得快，吃荷花郎的时间很短，种菜人家觉得不经济。此次同学请客，是老板特意到宜兴买回的荷花郎。

我上一次吃酒爆荷花郎，是在北京，弟弟从江南寄往北京的，吃了三顿，让苦涩的北京生活顿时有了江南春意。那几次我是用洋河的梦六酒爆的。此前我还用茅台和五粮液酒爆过荷花郎，也真够奢侈的。幸好我父母分不清这些酒的价格。

在前几年我跟父母说种荷花郎后，尽管内心不愿，父亲还是种了些。吃不完时，送人都来不及，因其很快就老了，所以我家去年没有种荷花郎。我跟弟弟说，今年秋天，还是种点吧。

芹菜，最爱故乡春芹

故乡的芹菜品种，似乎比北方多。

北方以西芹担纲芹菜主力，跟北方其他所有的蔬菜一样，以高大粗壮为标志；还有一种小芹菜，类似于故乡的旱芹，但芹味却不似故乡旱芹那般浓郁。

在北方时间久了，少不得吃北方的芹菜，因太座爱吃，所以平常也会买了回家做，但于我总是聊胜于无罢了。出生在江南的我，哪怕已经走过万水千山，但地域的自豪感常常从口味偏好中无意识地流露出来，对芹菜的情感，可见地域偏好之一斑。我深刻理解了林语堂说的那句话，“爱国主义民族主义，无非就是童年的味蕾”。

多年前出版《江南旧闻录》时，恰逢寓居美国多年的师妹王樱回国探亲，甫至上海，即给我电话：师兄，你的书里水芹菜还没写呢！于是第二天，我即写了篇水芹菜。

▲凉拌春芹

故乡的芹菜，从季节说，有冬芹和春芹之分；从品种说，有旱芹和水芹之分，还有水芹旱种的白芹。

我家也算种芹“世家”了。过去种过冬芹、春芹，也种过药芹、旱芹。不仅自己吃，还会在市场上卖以贴补家用，尤其是农历二月下旬到三月下旬，是春芹上市的旺季。周边集镇庙桥、礼嘉、南夏墅都有有名的节场，每逢节场，周边人家都要接待各地来赶集的亲朋好友，芹菜当季，其他菜少，所以用量大。像我们这些种芹菜的人家，农历三月赶节场时，都会随身带一大把芹菜当礼物，向不空手，礼薄而情重——其实芹菜在古时就是好东西，“菜之美者，云梦之芹”，乡人虽不懂野人献芹，但总会感谢这份心意。

春天街镇上卖不掉的芹菜，一般会被卖芹菜的人挑着转村头，便宜卖完后回家。如果转村头转到我们村，村里人会说，他还能有生意么？至今，我们村还有多户人家种芹菜，我堂叔还在卖芹菜呢。

我家现在还在种春芹。门前葡萄园边上的垄沟里，村子后面河滩边上的小块低田里，都种了些。虽然不多，但够自己家春天吃的，也许偶尔还可以送几把给朋友。

我上中学时，父亲前半夜在前黄苗圃帮人守夜，凌晨赶回家，将家里处理好的春芹盘装在苗篮里，用自行车驮到前黄的菜市场，然后派我去守摊，他再回苗圃巡查。早上下班后，他开始卖芹菜，我则去学校上学。我虽然没看过几次摊，也没卖过一把芹菜，还是被上街买菜的老师撞见了，后来老师说了我父亲几句，我就再也没看过摊了。前两天晚饭时，跟父母兄弟半开玩笑半认真地说，等我姑娘考上大学，我就回家种地，然后去摆摊卖菜（当然包括芹菜）。母亲笑着说：发痴了，你好意思卖菜去？我哈哈一笑说：有什么不好意思的，自己种的。保不齐我卖菜这事传出去，还卖得好一些呢。

从旧年年底到新年的二月，芹菜总会吃上几顿，品种不一。

最早吃的是溧阳白芹，是我的老兄弟国峰送的。白芹是溧阳特产，地理标志产品，茎秆通体白亮，叶芽小而微黄，如今很流行吃白芹，脆嫩。年三十晚上，弟弟就素炒了一大盘白芹。我在北京时，常去常州宾馆吃饭，有时也点白芹。

我没种过白芹，也没问过专家，按其味道形状和产出时间判断，应该是故乡过去冬芹旱种的变种改良，其茎秆脆嫩度比过去的冬芹好。不过，《随园食单》里，袁枚就有“取白根炒之”之记载。

过去乡下酒宴上，必得有一道冬芹，焯水后码放整齐，什么也不放，当凉盘，边上一碟酱油，蘸而食，条件好的会滴香油。宴席上荤菜多，这道凉拌冬芹最是清香爽口。过去除夕夜，通常也会做盘凉拌，最后再清炒一盘，下饭解腻。

种冬芹最苦，我家早已不种了，更不会去买，我也多年不参加乡村大宴，所以只能偶尔在外餐聚时才会吃到传统的凉拌冬芹。

我家还种了药芹，弟妹用咸肉丝炒过几次。太座第一次下江南时，无法适应南方的饮食，自己下地拔了把药芹做馅，包了饺子，味道她竟然很喜欢。过去我不喜欢药芹，嫌其味重，如今那种药味，我已经习惯了。所以，现在弟妹做的几次炒药芹，我都跟吃平常青菜一样，非常淡定地吃了一筷又一筷。

弟妹和母亲还炒了几次北方的芹菜，是朋友送的。她们的做法很简单，或者素炒，或者加咸肉丝炒。北方可能会复杂些，加百合、木耳炒。我在北京经常炒芹菜，做法就是加酱油和醋素炒——醋是太座喜欢的佐料，我也慢慢习惯了素炒芹菜加醋。不过，仅限于西芹。

我最爱的，自然是春芹。这点跟我父亲一样。种芹菜卖芹菜的老法师父亲，点评各类芹菜，不容置疑地说：要说好吃，当然春芹。

我小时候吃春芹，就像吃鱼，其实是吃怕了。春芹从开始拔卖，到卖完，家里每天中午就是素炒春芹当家。从嫩芹菜吃到芹菜撕皮再炒，永远是一种做法，油盐一爆清炒。这样吃，能不厌么？后来吃到的芹菜香干、芹菜肉丝，是做梦都没想过的吃法。

但是没想到，没过几年，我对芹菜的爱和念想，就与对鱼的记忆一样，光荣复辟了。每次到北京朝阳门外的常州宾馆，总要问有没有水芹？冬天冬芹白芹，春天春芹，席间总是会骄傲地向同桌异乡朋友推介，也不管人家是否喜欢，只是觉得我之蜜糖，也应该是彼之蜜糖。

北京我愿意去的淮扬菜馆不多，但凡有春芹的，我都愿意去。许多湘菜馆有炒芹菜，甚至夏天秋天冬天都有，他们的做法和我家乡的不同，加豆豉辣椒，而且常常吃到的都是老芹菜，一咬一口渣。但是，没关系，那是水芹啊，即使豆豉辣椒也掩盖不住芹菜特有的清香味，那是我记忆深处的味道，一旦复苏，无法抑制。

农历二月初时我在老家，北京的一位老大哥来看我，与他同来的女同学看到我家门口那一溜不大的芹菜地，很是羡慕，想割一篮子回家。我很认真跟她们解释说，现在还未到吃芹菜的季节。现在的芹菜太嫩，还没长开，还要再过一周才能吃呢——我对吃芹菜最深的记忆，是在农历二月底到三月中下旬。姐姐们听了有些遗憾。

然而没想到，第二天母亲就割了一篮子芹菜回家了，连茎秆带叶子，中午晚上，连炒了两顿！当然，我很喜欢，这个时候的芹菜，芹香味还不够足，但贵在嫩，唦嫩，一炒就熟——袁枚说芹菜要熟透才好吃，下饭最佳。

父亲说母亲不应该用镰刀割，过去拔芹菜，其实都是用手连根抠挖。母亲说，这地里你抠得动啊。母亲一反击，父亲没再吭声。从那天开始，家里天天吃芹菜了。

过去吃芹菜很少吃叶子的，我好奇家里什么时候开始连叶子一起炒。母亲说，这是嫩芹菜，叶子当然可以吃。过去这么嫩的芹菜，谁舍得吃啊，都要卖钱的，这么嫩，没斤两，卖不出钱。

我嘟囔自己昨天还跟朋友说不能吃，还没到时间。母亲说，芹菜长出节把了，就可以吃了。现在又不是过去，一边吃一边等它继续长。

或许，现在气温比过去高了许多，也让我这个久离故乡的人，每次来去匆匆，对故乡物产的新变化没有感受，还是抱着老黄历吧。

不过，这水芹嫩则嫩矣，但我总觉得还不到它最好的时候。但这个春天，我应该能在家乡等得到芹菜最美的时候了。

豇豆干烧肉

大学毕业好多年以后，我还一直以为，豇豆干烧肉，是我故乡才有的特色菜。直到后来在湖北菜馆吃饭，我才知道，湖北也有这道菜，再后来发现，其实很多地方都有这道菜。但是，无论我吃过多少地方风味如何不同的豇豆干烧肉，最好吃的，依然是我母亲做的豇豆干烧肉。

有一天晚饭的时候，桌上有一大碗肉，肉块很大，依着我家烧肉的传统，放了酱油。这是这天家里过清明祭祖，弟弟买回来的。喝酒的时候，母亲说了句："我明天拿这肉烧点长豆节干吧。"全家附和赞同。

母亲说的长豆节干，即是豇豆干，在故乡，豇豆通常称为"长豆节"，形意相合。每年夏天豇豆下来的时候，来不及吃，乡下都把它们摘段，焯水后晒干，这样可以储存很久。这是旧时农民的智慧。本来是积谷防饥的谋划，没曾想，竟然无意中收获了一种美味佳肴。

过去每年春节从江南返京，我的随身行李中，豇豆干和莴笋干都是必带之物。如今物流发达，也不太随身带了，弟弟弟妹会快递些到北京。

我做豇豆干，是按故乡传统经典的做法，与鸡蛋或肉一起烧。有时也会素烧，难得吃一次，也是风味独特。

通常的豇豆干红烧肉很简单，就是先将肉按通常的做法洗净、切块、焯水，过油、上糖色，然后加水加豇豆干一起炖，出锅前加些盐即可。不过，豇豆干可是要提前泡发。

尽管同样的做法步骤，但每家每户，做出来的豇豆干总是味道不一样，自然跟口味、手艺有关，也跟豇豆干和肉的质量有关。

我家做豇豆干烧肉最简单，就是最原始的做法，口味也从来都一样，一看就是一个师傅带出来的，比如肉总是很大的块，红烧肉也没有红得发黑，即使跟豇豆一起烧了，也红亮未减；而豇豆干，也是色泽偏亮，软中带硬，但这种硬度，恰如其分；至于味道，咸淡适中，

▲豇豆干烧肉

最宜下饭，家常而味美。

口味有轻重咸淡，但手艺却没借口。比如豇豆干的泡发，时间不够烧出来的豇豆干偏硬；时间太久，烧出来的容易烂，立不起来，没牙的老人才喜欢。当然也跟炖的时间长短相关。我后来不太愿意在外面饭馆吃豇豆干烧肉，主要就是这些做法中，豇豆干要么做得太烂，要么颜色暗黑，影响食欲。豇豆干需要猪肉炖出的油来滋润，滋润之意，是让原来晒干后疲沓的豇豆干丰润饱满起来，丰润饱满，才是豇豆干烧肉中豇豆干的极致。

还有肉，在外面吃到豇豆干烧肉时，很少吃到像我家那样豪放切块完全不江南的肉，外面都是秀气的小炖肉，而且是红烧肉做法。我们家做豇豆干烧肉，很简单，肉切大块，烧的时候加姜、料酒和酱油，其余什么八桂大料一概没有，只有肉香味和豇豆干独特的干香味。

当然，豇豆干的好坏很重要。我家用来做豇豆干的豇豆，都是自己种自己晒的自己洗的，自然要远比市场卖的干净放心。至于肉，那没办法了，只能跟大家一样市场上买。现在的肉，明显不如以前了——最简单的对比，就是我们家过去很喜欢吃白肉蘸酱油，如今几乎不再做白肉，因为肉的味道不行了。

即便如此，母亲那天做的满满一大海碗豇豆干烧肉，我和父母三人一顿就把它消灭了。

咸汤团子

正月十一下午，弟弟在井边洗青菜，看见我，说了句：老兄，今天晚上咱们做咸汤团子，换换口味，别老是鱼啊，青菜啊。

好啊好啊。我一听有正中下怀之感。不是我对青蒜烧鱼或炒青菜吃腻了——冬日故乡霜打过的青菜配米饭，我是百吃不厌的。但偶尔换一下口味，能让人保持对热爱的菜肴持久的爱，更何况，要换的也是我热爱的。

不过，想到我最近晚上很少吃主食，我还是有些遗憾地说了句：唉，我晚上不吃主食啊。

那怕什么，难得吃一次，没事的。弟弟笑着劝我。

也是。那就吃！

按故乡旧俗，咸汤团子正宗应该是农历八月廿四中午吃。农历八月廿四故乡祭灶神，传统用素馅团子，比如用青菜豆子、青菜豆腐或单纯青菜做馅的团子，敬献于灶神之前，礼毕后全家享用。旧俗农历八月廿四祭灶神最

▲咸汤团子

灵光，“早谢晚谢，不如八月廿四谢一谢”，或“拜一拜”。按我母亲的说法，八月廿四这一拜，菩萨知道了，一定丰收不饿肚子。

咸汤团子，就是在下团子的汤里，放些米粉和青菜，再加盐。加了米粉的汤，是稀糊汤，又有菜，又有咸味，还带着米粉的香味，很好喝。而团子，则是带馅的，过去是素馅，如今多为荤素一体。平素农家吃咸汤团子，就是从八月廿四的旧俗演化出来的。

农闲时，尤其是阴雨天时，农家也喜欢做

些咸汤团子。与八月廿四的团子不同，平时的咸汤团子是没有馅的，形状也不是圆锥形，而是扁圆形——将米粉搓圆后用手掌压扁。故乡方言称之为“瘪死团子”或“瘪馅团子”。按其形意来理解，所谓“瘪”，是相对有馅的团子说的，如青菜馅团子、萝卜丝馅团子、芝麻馅团子等，都属于“肚里有货”——有馅；所谓“死”，个人猜测，大概与“死面疙瘩”之意类似，或与“实”意相近，意即这团子是实心的，没馅，扁的。

我小时候，除了八月廿四的咸汤团子外，平常家里做咸汤团子，我也是很喜欢，因为那是细粮做的啊。那个时代，只要细粮做的，什么都好吃，无论是瘪死团子，还是谢宅子子（也是无馅的，形似大葡萄），或者自家蒸的年糕，都可以用来烧咸汤团子。而且放了米粉和青菜或甜菜加了盐的米汤，俗称糊粥，也很好吃。这是饥饿的美食记忆。

分田之前，有馅的团子一年做的次数非常有限，八月廿四、腊月底，或有匠人来家干活，其余时间难得打牙祭。分田之后，则很少再做无馅的瘪死团子了，做的大多是青菜肉馅或者萝卜丝肉馅芝麻馅豆沙馅了。母亲当家后，八月廿四祭灶神用的团子，都由素馅改成了青菜猪肉馅——母亲跟我祖父说，她相信灶神也喜欢吃荤的，过去做素馅团子是因为穷，我不相信我的儿子会一直穷下去。

有段时间我甚至不太喜欢吃这种瘪死团子和谢宅子子年糕，这也是一种“由奢入俭难”。

但是，当我在外面的世界游历一圈后回家，发现自己重新喜欢上了无馅的瘪死团子，那种糯软中带着硬香和米粉独特的香味，我的味觉系统重新找回了儿时的记忆，喜欢上了米粉的本味。

傍晚我在外面走完一圈路回家，弟弟正在灶间用开水和米粉，这种活计过去通常是女人做的，我家是祖母、母亲和弟妹相承袭，没想到弟弟也会——嗯，我也得试着做做，以后可以自己做着吃。

弟弟很利索，一会儿工夫和好了米粉，做好了团子。

晚饭的时候，吃了四个瘪死团子，糊粥里有青菜，还有母亲放的几根青蒜，咸味适中。吃完一碗之后，在母亲再吃一碗的邀请下，我克制住了内心的冲动，放下碗，决然说，不吃了。

离开桌子的时候，我跟弟弟说了一句：唉，要是早上做咸汤团子就好了。

下里巴人的爱：青蒜红烧咸青鱼块

这个春节，青蒜烧咸青鱼块基本算是暂时吃够了。因为余下宅家的日子，家里还会烧，我还会保持着对咸青鱼块的热爱。

咸鱼本来属于乡下人家的“战略储备物资”。旧时过年，没有冰箱，冬日菜肴也少，所以准备年货时，乡下人会一次性准备很多物资，多买点肉、鱼腌起来，鸡鸭收拾好后风干，白萝卜买足，加上家酿的米酒，自己做的水腌菜萝卜干，足可以撑过寒冷的冬日，尤其是咸肉和咸鱼，会支撑到暮春。别人劝我少喝酒少吃咸少在太阳下暴走时，我总是开玩笑回答：知道什么东西最不容易坏么？酒糟盐腌风干的肉。

所以，过年时，乡下人总是先吃新鲜的，过去很少会动用咸鱼咸肉这些战略储备的。

父亲曾是附近闻名的捉鱼佬，我们兄弟也早早学会了父亲部分捉鱼的手艺，尤其是黄梅天捉鱼，总会带回许多，所以，家里总是不缺鱼。我小时候，对鱼，尤其是新鲜的鱼烧着吃，一直有一种厌烦感，因为吃多了，更是因为那时烧鱼，油不够的缘故。直到来北京上大学，吃不到鱼了——当时北京的淡水鱼都是冰冻的——我才渐渐重拾对家乡的鱼的爱。

但是，家里的鱼，有一类是我一直喜欢的，就是咸鱼。

父亲冬日去帮养鱼人家捉鱼，每次都有“饭鱼”——捉鱼不管饭，工钱之外可以经主家同意拿一条或数条鱼抵扣，相当于城里的“误餐费”，这饭鱼通常是故乡最常见、产量最高的鱼——鲢鱼。晚上回家，跟着父亲打鱼的人会在我家把饭鱼拿出来，平分了。一个冬天下来，父亲每天早出晚归，甚至顶风冒雪敲冰打鱼，收获的饭鱼总是吃不完，派送给亲戚朋友之外，家里就买些粗盐粒子，将鱼掇饬好，切块放瓮头里，一层鱼一层盐，腌好。有时还都是整条的，用盐抹在鱼身上和肚里。过了几天，太阳好时，就将这些腌过的鱼拿出来，抖落掉盐粒，挂在竹竿上，放在太阳下晒，也任风吹，所以，有时也称“风干鱼”。

不过，过去做咸鱼的鱼，也是以鲢鱼为主，最多用些草鱼，青鱼则很少用。青鱼是故乡淡水鱼中体型最大的鱼，过去产量低，多用在宴席上，以及做鱼圆。用青鱼做咸鱼，太奢侈了，那是富贵人家的做派，不，富贵人家不弄咸鱼，咸鱼是下里巴人的生活之爱。

不过，父亲不打鱼后，家里的咸鱼，不再用鲢鱼和草鱼，多用青鱼了。一来分田之后，本地养鱼河湖养殖专业户勃兴，青鱼开始大量养殖，走入了寻常百姓家；二来弟弟朋友多，过年总有送青鱼来的，总是吃不完。吃不完怎么办？老办法，盐腌风干太阳晒。

▲青蒜红烧咸青鱼块

过去河湖里的青鱼，都需要自己觅食，所以，体型流畅，肉质结实口感好。如今养殖的青鱼，除了螺蛳青——青鱼中的上品，用螺蛳喂养的青鱼——大多过着衣来伸手饭来张口的日子，不需要像它们的前辈那样辛苦觅食，所以体型肥粗，肚子上都是油，肉质太过松垮肥腻，新鲜烧都沾嘴。现在不是过去物质贫乏缺油的时代，这样的口味，许多人不喜欢了。

怎么办?

盐办。把青鱼洗净切块，按旧法放瓮头里用盐腌上，然后风干太阳晒。腌青鱼块时，最后最好用青石块镇压住，这样对青鱼肉质改善更有帮助。

经过腌制风干太阳晒后的青鱼块，要做菜时，通常要用清水泡洗掉咸味。过去故乡所谓秘方，是用淘米水泡。不过，我在北京试过，其实差不多。

咸鱼的烧法，通常有蒸和红烧。比如，你去鄂湘餐馆，有道蒸菜，咸鱼就是蒸的。但我家通常是红烧，冬天尤其讲究用青蒜红烧。青蒜红烧鱼，本就是固定配搭，烧咸青鱼块，更是绝配。

出锅后，整体菜味会略咸，其中的配菜青蒜段，跟咸鱼合烧后，蒜香尽出，还带着青鱼的香味，拌饭最美。而主料青鱼块，肉质不仅有鱼肉的鲜美，还有腌咸鱼特有的香味——这种香味，在红烧咸鱼时就会溢出厨房，弥漫在院子里。吃的时候，鲜鱼时的肥腻松垮，神奇地消失了，肉质结实，肉丝分明，嚼在嘴里，按故乡方言，说有“硬香”，肉质“硬质质”（常武地区方言，“硬”发“昂”音，意近硬邦邦，但不若硬邦邦意思生硬，更柔软些，扎实）。红烧的鱼汤剩下后，到下一顿变成了鱼冻，味道更胜鱼肉，鲜美至极。

我每年春节后回北京，总是会带几块咸青鱼肉回去，用青蒜烧了，告慰自己在春节复苏的江南肠胃。

这个漫长的春季，因疫情困守故乡，弟弟弟妹隔三岔五就会用青蒜红烧咸青鱼块。通常，这个时候是很少吃咸鱼的。按弟弟说法，过去是每天都有鲜鱼，今年情况特殊。这也算是动用了战略储备。

下酒的时候，不用其他菜，一块咸青鱼块，足抵上海人搭酒的一只大闸蟹。

不过，弟弟弟妹烧青蒜咸鱼时，切块都比较大，这是我家惯有的豪爽吧。我觉得，要是再切小一些，感觉会更好。

除夕夜的焐萝卜

在我家，大年三十有一个传统，焐猪头拆猪头。

过去穷，过年的时候，会焐个猪头过年，因为猪头比肉便宜。这个传统一直持续到今天，尽管自家不养猪也有好多年了。

“焐”是江南故乡土话。焐猪头，其实就是将整个或半个猪头洗净后放锅里加水炖，直到猪头炖熟。

年三十焐好猪头后，焐猪头的热汤，通常是不会浪费的。捞出猪头后，将洗净的萝卜切块倒入热汤中，接着加火炖烧。在过去，这叫“焐萝卜”。

萝卜是过去贫穷时代过年的当家菜。不过，这萝卜是指白萝卜。

过去我乡本地不种白萝卜，传统种的都是红萝卜。秋天收成后，将红萝卜洗干净切条块，做腌萝卜干，连萝卜叶子也是舍不得扔的，洗干净切碎腌咸菜，或者用盐简单腌一下（方言说“麻一麻”）就当菜吃。

本乡过去过年吃的白萝卜，都是来自太湖边的宜兴渎上。渎上的土壤受太湖影响，特别适合种白萝卜和百合，萝卜可以生吃，很甜不辣心，当然主要是当菜。

渎上到我家，大约有三十多公里。过去进入腊月中旬后，渎上人家，通常会摇船从太湖进运河，然后进入永安河，一路到我家附近朱家桥的码头。船泊码头后，船上人家就有人一个村一个村地走过，一边走一边喊“萝卜来了”之类的话。村里人家，有壮劳力在家的，就会纷纷挑着空苗篮，到码头上买萝卜，通常一般每家都会买个一百来斤萝卜，挑回家，堆在墙角，用稻草盖好。萝卜这个东西易存放，冬日可以放很久不坏。不过冬日天冷，盖稻草是为了防止萝卜冻坏。

如果错过了渎上人家送货上门的机会，那就得自己跑到渎上去买。父亲告诉我，我爷爷和村里几个人，曾单程走了五六十里路，去渎上买萝卜，然后每人挑了百来斤回来，这可不是容易的活。

买来的萝卜，除了传统的蒸团子用作馅料之外，更多的是用来炖。炖萝卜是过年的当家菜，有些像过去北京人的白菜。不过，最好吃的炖萝卜，就是年三十除夕夜的。

除夕夜的萝卜好吃，就是因为用焐猪头汤炖的缘故。萝卜吸油，焐过猪头的汤很油，而萝卜要用荤油烧才有味，所以，焐猪头汤炖萝卜，正好般配。这种油汤炖萝卜，要比今日流行的排骨腔骨炖萝卜浓郁得多，味道要厚得多——汤色都是乳白色的，有些像奶油汤。今天的骨头炖萝卜，相对焐猪头汤炖萝卜，简直就是清汤寡水，不值一提。

除夕焐的猪头，因为放时间长，通常要用盐腌过保质。虽然焐猪头之前会用清水浸泡猪头再清洗，但渗进猪头的咸味并不会被浸泡清洗干净。萝卜倒进去炖，连盐也省了，而且咸猪头肉又有一种独特的鲜味——故乡叫咸鲜，遇上萝卜，正好是将遇良才。

于是，这一锅萝卜，味道既好，又省了盐钱，还省了柴火——在刚焐完猪头的汤锅里炖，如同接力，自然省柴火。这就是农民的生活智慧，不用教，看着就会了。

小时候年三十下午，我们兄弟仨都喜欢待在厨房，一来厨房一直在烧灶，冬日少寒意，暖和，更主要的是，既可以拆猪头——当然交给我们拆的时候，骨头上几乎空了，父亲早把肉拆干净了——还可以吃萝卜。通常，锅里的萝卜还没烂，只要感觉熟了，一双双眼睛就会眼巴巴盯着炖萝卜的锅。掌勺的祖母或母亲看到，就会在灶台上搁上一溜碗，然后每碗加一勺带汤的萝卜，让我们先吃。大人也会有。

我们端起萝卜碗时，大人会叮嘱慢点吃，不要做急煞鬼投胎，小心烫着。热萝卜不仅烫嘴，还烫心。大人通常尝一碗足够了，剩下的就等吃年夜饭时了，但我们小孩则不同，常常吃了一碗又一碗的，直到萝卜完全入味。用母亲的话来说，还是因为过去没得吃，才这样的。

过去炖萝卜时，通常还会放点豆腐和百叶。萝卜和豆腐都是不怕炖时间长的，放了豆腐百叶，味道更好。

直到今天，除夕夜的那碗焐萝卜，依然是我家年夜饭桌上很受欢迎的一道菜，通常会盛上两三大碗。虽然我已不再像小时候似的在炖萝卜时就盯着等着，但如今的年夜饭，我依然喜欢焐猪头汤炖的白萝卜。

春笋炖肉

春到江南之后，笋是江南春天的另一代名词。

我自小爱吃笋，燕笋、淡笋、野笋、毛笋、冬笋等等，无一不欢。在笋的各种烹饪方法里，我独爱春笋炖咸肉。

春宅江南期间，吃了两次春笋炖肉，一次雷笋炖咸肉，一次毛笋炖鲜肉，虽说味道各有千秋，但依然有高下之别。

前些日子，溧阳的妖三妹妹说要给我快递些溧阳南山竹海的雷笋，是她家亲戚种的，让我尝个鲜。我觉得不太方便，但三妹执意如此，只是建议寄到江南故乡，北京路途遥远，快递过去味道就逊了。

雷笋是什么竹子的笋我并不清楚，我家附近没有产雷笋的。弟妹收到笋，我看外形像是老家过去种的刚竹笋（“刚”为方言），比燕笋粗壮高大，比毛笋修长单薄。但父亲说不是刚竹笋，刚笋味道要远逊于燕笋和淡笋，而且在我家附近平原，燕笋才是春天最早发的，也是最好的笋。

▲春笋

管它什么笋，反正剥掉壳一样白嫩。当晚，弟妹就用它炖了一锅咸肉。

笋炖肉，我也常做。很简单，肉焯过水变色后，切块；笋切块，同样焯水（焯水后可去掉笋的涩味），加点米酒（这个季节，家里米酒尚多，比料酒还好），切几片姜在一起，慢慢炖就是了。

炖熟，开锅，满屋子都是春天的味道。春笋的味道，自然代表着春天。咸肉则是传统只在晚冬腌制，早春才吃。一个是春已到，一个是期盼春天，自然都是春天的味道。

▲春笋炖肉

故乡这种传统方法腌制出来的咸肉，有一种化腐朽为神奇的能力：跟它一起配烧的菜料，即使非常一般，只要和咸肉一起烧，味道立马独特起来，尤其在鲜味上。这种鲜味，故乡叫咸鲜。当咸肉遇上春笋，咸肉所有冬藏的美好，会被激发得淋漓尽致，融入春天的笋汤里。春笋本身就是早春珍物，遇上咸肉，恰似干柴烈火，也似水乳交融，那才叫般配，更准确地说是独一无二的绝配。肉香，笋嫩，其汤尤为鲜美。

雷笋吃完后，恰好家里祭祖，弟弟买了鲜

肉，又买了一棵大毛笋回家，炖鲜肉。春笋炖鲜肉、排骨、猪蹄，都很好，经济条件改善后，我家春天常做，我在北京也常做。不过，因为刚刚吃完咸肉炖雷笋，鲜肉炖毛笋虽然也是传统美味，但相形见绌了，而且差距不是一点点。这不仅是我个人的看法，也是全家的共识。如果是先吃春笋炖鲜肉，感觉会好很多。

在江南，春笋炖肉有道名菜叫腌笃鲜，其实是咸/鲜肉炖笋的改良版，就是用鲜肉、腌过的咸肉一起和笋炖的汤。腌自然指代咸肉；鲜则包括鲜肉（猪肉、排骨或禽类皆可）和笋，也可指代烹饪出来的味道；笃则是江南的烹饪方法，指慢火炖煮之法，也是江南吴语区的象声词。“笃”之本意，有马行顿迟时蹄铁与地面碰撞发出的声音之意，用在故乡菜品中，其实就是菜炖煮之时，锅开了，热汤沸腾，锅中发出的声音，故乡常用“锅里笃笃颠”（方言音）来描述汤煮开了之意。当然，城里大馆子的改良菜，常常一改到底，还有加百叶结、火腿丝之类的，以示菜品丰美。

当然，春笋和鸡鸭一起炖汤，也是美味。

我在城里当然也喜欢吃腌笃鲜，喜欢吃鸡鸭炖笋汤。不过，于我个人的口味而言，过于复杂的做法，叠床架屋，反而容易串味，尤其是加香肠丝，除了看上去色彩丰富一些，别无意义。最简单的做法，虽说原始，却是真正的本味。

所以，我还是最爱咸肉炖春笋。

鱼冻，鲜到则眉毛都要掉下来

“鲜到则眉毛都要掉下来”，是吴方言区的一句老话，意思是菜品味道之鲜美，已经无法形容。菜鲜何以用掉眉毛来形容，我不知其所以，猜测大概跟掉口水类似，惊讶状，是一种更夸张的说法。

故乡的春节，佳肴纷呈，但只有一道菜，真正能配得上“鲜到则眉毛都要掉下来了”这句老话，那就是鱼冻。故乡冬日，所有美味中，单就鲜美而言，无出鱼冻右者。我曾说过，江南冬天的鱼冻是我的至爱。至爱，就是极致的爱。

这个漫长宅家的新春，天天有鱼冻，鲫鱼鱼冻、昂公鱼冻、杂鱼鱼冻、鲜青鱼鱼冻、咸青鱼鱼冻、水腌菜鱼冻、青蒜鱼冻，凡此种种，我每天都吃。只要不出去喝酒，一天两顿，中午晚上，都吃鱼冻，或搭饭，或下酒，无一不欢，似乎永远吃不够。

按今天乏然无味的科学分析，鱼冻是一种胶原蛋白温度降到其凝固点时凝结而成的胶状物。这种解释，是根本无法引起人们的食欲的。在我看来，鱼冻的美味，可是跟科学一点关系都没有，完全是农民的生存经验和智慧。

鱼冻最早源自何时，我不知道。元末大画家无锡倪瓒曾有关于鱼冻的文字记载，他所录的做法，不是农民的做法。《云林堂饮食制度集》中，记录“冷淘面”时提到了鱼冻：“冻鳜鱼、江鱼等用鱼去骨、皮，批片排盆中，或小定盘中，用鱼汁及江鱼胶熬汁，调和清汁浇冻。”这是富豪做法。但我仍然坚持鱼冻最初来自没有话语权的农民的生活经验。至于鱼冻拌面，至今故乡仍有许多人喜欢。

如今在江南的各大酒店，都会做出一份精致美味的鱼冻作为凉盘。我在北京的常州宾馆，也总点鱼冻。这些改良精致的鱼冻，可以说安全卫生科学，甚至美味。不过，无论是北京的常州宾馆，还是故乡的各种饭店，他们所做的鱼冻，都不能跟农民的原始做法相提并论，更是距离“鲜到则眉毛都要掉下来”十万八千里。

我在北京也做鱼冻，味道鲜美，自认为超过了常州宾馆，而且我的做法承自鱼冻的老法，非为特意做鱼冻，而是“顺带着”做些鱼冻。不惟如此，我还只在冬天做鱼冻，应时。

鱼冻的传统做法，是老法，也是土法。过去农民穷，不会专门去烧鱼冻，无非就是难得吃鱼的时候，多加些菜和水，让寒酸的鱼显得分量很足，端上桌有面子，也确保这种“大餐”不会“一顿光”。比如我小时候，冬天烧稍微大一些的鲢鱼，祖母和母亲常放很多切碎的青菜，烧小一些的鲫鱼，就放切碎的水腌菜。中午或晚上吃剩的残羹冷炙，放在竹橱里半天或一晚上，剩下的汤汁与残余的鱼肉骨头凝固成琥珀色胶汁，晶莹剔透，有弹性，就像如今小孩的果冻似的。

不知道为什么，鱼汤和残剩的鱼肉佐菜凝固成鱼冻后，鲜美更胜新出锅时。如今的人们讲科学，都说不吃剩菜隔夜菜，既没营养又不安全，我猜这些人肯定没有吃过既是剩菜又是隔夜菜的鱼冻！

佐酒，鱼冻是绝对的佳品。无论是请客还是陪母亲小酌，无论菜肴多丰富，鱼冻一直是我下酒的主力。当然，下饭搭粥也非常好。至于拌面，倪瓒已说过，至今仍有许多人喜欢。

所有的鱼冻都是至味。但若细论，我以为野生鲫鱼冻和杂鱼冻最佳。不过，有朋友送过几条养殖鲫鱼，肉过于软烂，剩下的鱼肉成了鱼冻，立即有化腐朽为神奇的感觉。鱼冻配菜，尤以用水腌菜为主，夹杂几根青蒜烧最佳，次则用水腌菜和青蒜，然后加萝卜丝。至于用青菜烧的鱼冻，我很久没吃到了，前些天朋友来家陪我喝酒，我还跟做大厨的朋友讨论，如今用青菜烧鱼冻，是不是会比旧时用青菜烧鲢鱼冻更好。反正，我在北京用青菜烧养殖鲫鱼做鱼冻，味道非常好，让北方的青菜炒不出来的鲜味真正释放了出来。

今春宅家，朋友们送来了许多鲫鱼，以野生为主。有时弟妹一顿烧两份，一份趁热吃，一份留给第二顿，就像是专门做鱼冻的了，那味道，神仙也流口水。

至于有人说做鱼冻放冰箱里，或者宾馆那种标准化的精致鱼冻，确实不值一提。我在北京常州宾馆吃鱼冻，其实是借此慰藉思乡之念而已。

这次在家，天天吃鱼冻，算是有生以来最多最密集了。不知道过了疫情出门，朋友们是否会注意到我的眉毛稀了。但这鱼冻确实鲜美，一直勾引我，永远吃不够。

荠菜：穷人的春天味道

疫情未缓，同样困守在江南故乡的一位兄长送来温暖，一大兜刚刚从地里挑出来的荠菜，挑得干干净净的。母亲责怪我，家里地头都是，还收朋友礼，这么多荠菜，挑这么干净多不容易。

我当然真心推辞了，但兄长也是真心，还特意开车给送来，推辞不得只能收下。收下的不只是荠菜，是一番心意，春天的心意。

故乡人人都爱春荠菜。但与在故乡受人追捧热爱，在外却默默无闻的马兰不同，荠菜盛名远扬，历代文人墨客纷纷吟咏，甚至还用荠菜喻人品高洁。比如晋人夏侯谌的《荠赋》：

钻重冰而挺茂，蒙严霜以发鲜。
舍盛阳而弗萌，在太阴而斯育。
永安性于猛寒，差无宁乎暖燠。

但是，让荠菜真正名扬天下的，既非夏侯谌的《荠赋》也非后来袁枚的《随园食单》，而是辛稼轩的一阕《鹧鸪天》：

陌上柔桑初破芽，东邻蚕种已生些。
平冈细草鸣黄犊，斜日寒林点暮鸦。
山远近，路横斜，青旗沽酒有人家。
城中桃李愁风雨，春在溪头荠菜花。

短短几句，稼轩写出了旧时乡村春日平和生活的诗情画意，而且一劳永逸地奠定了荠菜“江南春菜素菜第一”的名头，连他的前辈大诗人陆放翁写的几首很有味道的食荠诗，在后世也只能永远屈身在稼轩词光环的阴影下，成为“春在溪头荠菜花”的补注。自此，稍微有点文化的后世之人，都爱夸荠菜，都说爱吃荠菜。

其实稼轩写的是春意，他的荠菜都开花了，放翁写的才是吃荠菜，他是真爱吃，有《食荠十韵》《食荠三首》等。《食荠三首》的第一首，写的就是在游幕中有春荠之美而忘归乡：

日日思归饱蕨薇，春来荠美忽忘归。
传夸真欲嫌荼苦，自笑何时得瓠肥。

《食荠三首》的第三首，还写到了荠菜的做法和吃法：

小著盐醯助滋味，微加姜桂发精神。
风炉歙钵穷家活，妙诀何曾肯授人。

这首诗里，不仅有荠菜的做法吃法，还说荠菜是穷人的活法，这话曾经千真万确。放翁的前辈大诗人梅尧臣也写过荠菜，说荠菜是穷人的菜肴。他写的《食荠》诗，比放翁多了同情，也即今天我们所说的人文关怀：

▲荠菜

世羞食荠贫，食荠我所甘。
适见采荠人，自出国门南。
土蠹瘦铁刀，霜乱青竹篮。
携持入冻池，挑以根叶参。
手龟不自饱，食此尚可惭。
肥羔朱尾鱼，腥膻徒尔贪。

我小时候，荠菜就是穷人早春的希望，它是春天最早能吃到的野菜。春阳一到，稍暖和，枯萎一冬的荠菜即勃勃生发，带着风吹日晒特有的铁锈色，茁壮，开出烂漫白花。

过去吃荠菜的时间很短，一到时令，傍晚的田间地头，都是挎篮挑荠菜的小孩、少妇和老妪，天天如此。错过时令，一老即无法吃："挑根择叶无虚日，直到开花如雪时。"（陆游，《食荠三首》之二）

小时候家里穷，荠菜的吃法很简单，或素炒，或烫锅，或做馅，或焯水后凉食。分田之后，油盐不缺，荠菜的吃法丰富起来。今年春天宅在故乡时，我就吃到三种做法做的荠菜。

第一种，当然是最基本原始的清炒做法。弟妹就清炒了一大盘荠菜，当然是整株炒，搭酒下饭，俱是妙品。荠菜吃油，搭荤炒最好，肉丝、咸肉丝皆可。

第二种，用土鸡块做汤锅，弄了些荠菜做配菜，吃的时候下锅一烫即食，尤为鲜美。荠菜可以配各式汤锅，鱼头汤锅、鸡块汤锅、猪蹄汤锅，尤其是老鸡鸭鹅汤锅，这是荠菜吃法的最高境界，大概袁枚也没吃过。当然，母亲不同意我的看法，认为荠菜烫锅，还是"毛乎乎"的（方言，即有刺茸感之意）。

第三种吃法，就是做馅。用荠菜混杂着青菜肉末做了馄饨馅，或者用荠菜青菜香菇肉末来拌馅料。这当然也是荠菜吃法的最高境界。

很多城里人说起荠菜馅馄饨来，头头是道。放翁爷说，荠菜"正味压莼丝"（陆游，《食荠三首》之二）。但是，本乡所有人都清楚，荠菜虽香好吃，本身却是毛乎乎的，纤维粗，有些涩口。纯荠菜加肉做馅的馄饨，绝非最佳，一定要和青菜一起做馅，三分之一荠菜，三分之二青菜，混杂肉末，才是正宗吃法，才能让荠菜的香味美味真正散发出来。用荠菜做团子馅，也当如此。

如今城市里的荠菜，大多数是大棚改良品种，毛乎乎的感觉少了，也没了野生荠菜那种独特的香味。可是，没有毛乎乎的感觉，没有那种香味，还是真荠菜么?

江南春菜素菜第一的荠菜，一定是地里野生的，任它自生自长，雨露滋润过，风霜凛寒过。

大棚里哪有春天啊。

“惟荠天所赐，青青被陵冈。”还是放翁才是真正的美食家，《食荠十韵》里说得对。

现在故乡的荠菜，既有正当时令可食的，也有次第开花的。我拍了一张田埂边的风中白花怒放的野荠菜，家人说品种不一样，当然，也有可能是如今温室效应，气温远高于早年时的缘故。

看到我发的荠菜花照片，因疫情仓促离乡的同乡学兵很羡慕。我说，你注定错过了吃荠菜的时令。

看着如雪的荠菜花，我突然想，吴越王钱镠给夫人写的“陌上花开，可缓缓归矣”里的花，一定是原野上的荠菜花，因为那是春日江南最早的花。

舍东种早韭，生计似庾郎。舍西种小果，戏学蚕丛乡。

惟荠天所赐，青青被陵冈。珍美屏盐酪，耿介凌雪霜。

采撷无阙日，烹饪有秘方。候火地炉暖，加糁沙钵香。
尚嫌杂笋蕨，而况污膏粱。炊粳及鬻饼，得此生辉光。
吾馋实易足，扪腹喜欲狂。一扫万钱食，终老稽山旁。

——陆游《食荠十韵》

棉茧头饼，渐行渐远的春日江南味道

“阿哥，你等等再吃早饭，我正在做棉茧头饼呢，一会儿煎给你吃。”

4 月 7 日早上，我从湖塘回乡下，早饭母亲熬了些粥。我正要开锅吃早饭，在厨房窗外的弟妹赶紧跟我说。

“做棉茧头饼？我前两天在田埂上走了一圈，一朵也没见到。”我走到窗前，透过窗子，看弟妹正在做着棉茧头饼。

前两天午后，我独自一人走了几条田埂，想看看野生的马兰和棉茧头草，结果一朵也没有看到。父亲说，这些田埂上打药水，杂草都除尽了，后面的果园里有很多，你可以到那边去看看。

我一声叹息。以前田埂上到处都是棉茧头草，它们或成片在田埂一侧热烈聚拢，或单株而孤独绽放，如今田埂上却很少见。这次弟妹用来做棉茧头饼的棉茧头草，是她娘家葡萄地里还没打药水的。

棉茧头草，学名鼠曲草，外形略近蓬蒿，开的也是黄花，但毕竟乡野土物，要具体而微。故乡方言云“棉茧头草”，大约源自其茎干叶子上有一层棉毛细毫，有棉花和茧壳上丝绵的即视感。棉茧头草是真正的江南清明菜，因为清明时节，它正当季——荠菜已开花，而过了清明，通常也不再食马兰。过去只有在清明时，故乡的妇孺才会去田埂上挑采棉茧头，专门用来做清明时的食品——青团，或者做菜粥、摊饼。通常做好的棉茧头饼要先用来孝敬先人，祭拜之后，才能食用。

棉茧头饼也是食物匮乏时代的佳肴。过去粮食不够吃，与北方利用榆钱差不多，南方则靠各种丰茂的野草做成各种食物充饥以等待麦收的到来。棉茧头草是其中一种，除了和米粉一起做饼做团子，还可以烧粥，也是乡野村民自救的口粮。

棉茧头草何时开始入饭入菜，我没有去考证。我小时候每年都做，现在江南做的人家很少了。毕竟，现在物产丰饶，不再需要用乡野野菜混入粮食充饥了，移风易俗后，寒食之意，也渐渐淡了。这次，大概是因为我前两天念叨到了香葱饼和棉茧头饼，弟妹有心，去弄了棉茧头草回来做。

棉茧头草做饼程序很简单。把棉茧头草摘干净洗净，用开水焯过一遍，旧时老人焯水时有时还放碱，为了色泽更鲜绿透亮。焯过之后，切碎剁碎，把切好的棉茧头草连着汤汁，倒在准备好的米粉里，然后往米粉里倒入开水，使劲揉，一边把米粉的韧劲咬劲揉出来，一边也将棉茧头草的青绿揉进米粉，颜色散开、渗透、融合。一大块米粉至此全部色变。

做棉茧头团子的程序也一样，只是需要准备好馅，通常用芝麻、豆沙或者猪油米粉等做馅，就像过年做绿苎头团子一样。不过，做棉茧头草饼，通常在揉粉时会适当加些盐或糖，使饼出锅后有咸甜口之分。或者，出锅后可以蘸糖或蘸盐吃。

做饼和做团子一样，在故乡也是手捏，只不过没放馅，先搓圆然后捏扁圆形。听说浙江一些地方，做这种饼通常用模具，那就太讲究了。乡下人现吃现做，没有如此讲究。

弟妹捏完棉茧头饼，在煤气灶上给我煎了一盘。

哇，我夹了一块，还很烫，但迫不及待地吃起来。棉茧头草做成的青饼，有一种别致的清香，这是野草香，混杂了米粉的糯软香味，真的是一种特别的美味。我很久没吃到这种味道了。

或许，这是另一种春天的味道吧，野生的。现在荠菜、马兰都有人工栽种，唯独棉茧头草还是野生的，依然是大自然天然的时令馈赠。

前黄路的江南名菜清汤黄鳝

黄鳝是大多数人爱吃的水乡美味佳肴。不过，因其长相应了君子远庖厨之说，许多人，尤其女性，只爱吃，怕看活物。

作为传统美食，黄鳝有许多做法，红烧、清汤、火锅，形态不外乎鳝洞（段）、鳝片、鳝丝、鳝羹，所谓软兜、鳝糊，不过就是前述诸种的变异而已。

在鳝鱼诸多吃法中，名声最盛的，莫过于淮扬菜系，淮扬菜系中，声名最著者，莫过于软兜。

袁枚在《随园食单》中只记载了黄鳝的三种基本做法，分别是鳝丝羹、炒鳝和段鳝："鳝丝羹：鳝鱼煮半熟，划丝去骨，加酒，秋油煨之，微用纤粉，用真金菜（即黄花菜）、冬瓜、长葱为羹。南京厨者辄制鳝为炭，殊不可解。"

而清末徐珂《清稗类钞》中记载的"两淮长鱼宴"则是以数量取胜，说淮安的厨师最会做黄鳝。

但是，对于像我这样的食客而言，对吃食的评判，从来不以名家之言为旨，跟读书一样，吃和品也完全是个人化的。这一点还是林语堂说得对，童年时的味蕾决定了一切。晓卿兄说，在我的笔下，前黄的美食“总是神一般的存在”，因为我是“前黄沙文主义者”（语出乡邑鉴韬兄），确实，这倒是合了林语堂之论。黄鳝的做法，也合了这逻辑。

前黄是常州武进的一个穷乡僻壤——我一直说那是武进的“锅底膛”，风景经济全县最差，但前黄人有口福。比如黄鳝，前黄过去不仅产田鳝（水稻田里的野生黄鳝），河鳝（河里的野生黄鳝），而且产湖鳝（滆湖产的野生黄鳝）。

前黄的黄鳝做法，除了被袁枚鄙视的南京“制鳝为炭”的做法没有，其余各种做法都有——鳝丝、鳝糊、鳝片，软兜鳝筒，尤其擅长清汤黄鳝。清汤黄鳝在古籍中向未有载，但是它的做法吃法，却是更合了古人“不过现吃现烹，现熟现吃，不停顿而已”的心法。

做清汤黄鳝，首先是讲究用料，即用什么黄鳝。过去前黄一路做清汤黄鳝，仰赖的是黄鳝本身，皆为野生。野生活物，现吃现烹，最是鲜美。不过如今野生黄鳝贵且少，不少地方用养殖的黄鳝，鱼目混珠，总不是一个味。很简单，野生黄鳝活动空间大，杂食，爱钻洞，肉紧凑有力，自然非池塘里家养的黄鳝一身松松垮垮的肉所能媲美。四月中旬在家招待远客，弟弟做清汤鳝筒，就是特意去找的野生湖鳝，头尖肉健，最是合适。

找到了好的材料，于做菜前现杀——用剪刀剖开黄鳝肚子，掏出内脏，剪段，清洗干净。然后在锅里加入凉水，加蒜头，以及切片的生姜，放入清洗干净的黄鳝，用大火烧开。锅开后，撇去上层浮沫，加入料酒，小火烧一刻钟左右，加入盐调味，起锅，加入胡椒粉和葱花——故乡炖黄鳝用葱，非山东或北方大葱，而是江南小葱，切碎，清汤绿碧，很是诱人。自此，清汤黄鳝即已做好，热气腾腾，端上饭桌，供食客享用。其鳝筒及汤之鲜美，皆其他黄鳝做法所不具。

袁枚说现熟现吃，倒也不虚。趁热吃才能吃到至鲜之味，若凉了，腥膻味就重了。

我今次回家，到前黄友人家喝酒，友人也特意做了清汤鳝筒。不过，他加了咸肉，咸肉也是故乡美味，清汤鳝筒加咸肉，据说这两年在故乡有些流行，此番吃过，虽然鲜美，但觉得有些叠床架屋，重复了，而且，咸肉之味重，容易窜了黄鳝之味，有些可惜。

当然，红烧黄鳝也好吃，但调味品多了重了。所以，对于食材一般的黄鳝，多用红烧、火锅等，其实就是用重味压住黄鳝的本味。若是野生黄鳝，多少有些暴殄天物。

阳春三月，水竹笋炖鸡蛋羹最美

阳春三月，江南故乡春已过半，桃花已谢，燕笋渐老，淡笋未发，杨花飘雪。河边的杂树丛中，水竹笋却开始钻出地面，迎来了自己的春天。

水竹是故乡最不起眼的一种竹子，野生，常长在河边岸上。我小时候的水竹似乎比现在看到的要大些，大的有食指般粗，可做小孩玩的鱼竿或水竹枪——其一节细长，适合用来做推送朴树籽的竹枪，偶尔也会用来编制些小竹器。不过如今的水竹，我基本没见过小时候那般大的，只有筷子般粗了，丛丛簇簇而生，无甚规律，也长不大，没甚大用。冬天农家收拾河边旱地，常常会用刀砍掉，拿回家晒干当柴火。

虽然如今水竹不堪一用，但每年春天，它的竹笋却是异常的鲜美。即使是表面上砍伐得干干净净的地面，一到阳春三月，水竹笋依然争先恐后地钻出地面，细长的枝条，摇曳在故乡的春风中。水竹笋跟竹笋一样，笋壳包着笋，不过细长而已。

故乡最有名的笋是燕笋，燕子南归江南出的第一批笋，紫苞。乡邑前辈黄仲则春二月京华雪飘之夜，贫病交加，客居法源寺，友人来访，想起江南故乡，无非就是燕笋刀鱼，我称之为景仁之思，堪比季鹰鲈鱼莼菜之思。这燕笋之美，既是大诗人所爱，也入得帝王法眼，清帝康熙乾隆南巡，御制食谱燕笋当家，用以烧鸭烧肉最多。如今到扬中等地，黄仲则之爱多是用燕笋烧刀鱼河豚。

康乾两帝，只知有燕笋而不知有水竹笋，我倒不觉得奇怪——供奉给皇帝的，自然不能是卑微江湖的野物；我想黄仲则或许也不知道有水竹笋，因为我在其遗存中尚未读到水竹笋的任何文字记录。即便两当轩里的黄仲则穷困潦倒，但毕竟仍是读书人，恐也难如农民般四处寻访水竹笋作为果腹之物——过去只能是果腹之物，而不像今日富足生活的调剂品。所以这野竹笋，注定不会在过去的文献中有记录，无论是皇家起居录，还是诗人的诗文中都无从找寻，它们只在河边田野，或者农人腹中。在我品来，水竹笋味道比燕笋更鲜美，燕笋个大，水竹笋细小，浓缩的绝对是精华。

然而从前在故乡，春天的水竹笋就很受欢迎，割回家，炒新韭、炒咸菜、炒鸡蛋，炖鸡蛋、炖鸡鸭、炖咸肉，烧鱼，皆是春馔妙品。所以，当时我和弟弟们出去割草，总喜欢割一大把水竹笋回家做菜。

前两天回故乡，弟弟回来跟我说，河边已经有水竹笋了，不过，现在在本地打工的外地人也喜欢水竹笋，野生无主，他们也到处找。“等你朋友来了，我去找些回来炖鸡汤。”弟弟说。

朋友相聚的日子，弟弟一大早就到河边的旱地找水竹笋，割了一大把回来。母亲把它剥好，掐去偏老的根部，嫩绿细长的水竹笋躺在竹篮里，等着烧菜备用。

“我用它来炖鸡汤，烧杂鱼。”弟弟跟我说，“炖鸡汤最鲜”。

“你把野笋剁碎摊个鸡蛋吧。”我想起前天师兄请我们兄弟吃饭，师兄的妹妹用燕笋剁碎摊的鸡蛋还不错，于是提醒弟弟。弟弟满口答应。

下午家里准备做饭前，我突然想到了一个久未尝过的菜，赶紧跟弟弟说：“不要用野笋摊鸡蛋了，就用野笋炖个鸡蛋羹吧。麻烦么？”

“不麻烦。听你的。炖鸡蛋羹确实好，不过都得用笋尖。”

弟弟先用开水汆了下水竹笋，又将水竹笋过鸡汤整支煮熟、捞出，沥一下，把水竹笋撕成两瓣，切小丁，放大碗里。然后将鸡蛋打好放在有小笋的大碗里，加水，放一点盐调味，上锅蒸上八到十分钟，起锅，此时蛋花已成羹，倒入适量酱油，些许猪油——也许北方人喜欢放香油，但猪油的香味，才真正独步天下。水竹笋炖鸡蛋羹即已做好。

做好的鸡蛋羹，除了面上零散飘着些酱油及油色外，看不出切碎的水竹笋丁——笋丁比鸡蛋轻，一般都在表面那层蛋羹下面藏着。

趁热挖一勺放进嘴里，一边嘘溜吸气，一边不断让烫的鸡蛋羹在舌尖口腔翻滚、吃下。蛋羹味、笋尖的鲜味、酱油味和猪油味，混杂调和融会贯通，但基调底色则是鸡蛋羹味，鲜美嫩滑，绝非一般鸡蛋羹所能比。

那一晚上，这道菜大受欢迎，完全在我意料之中。席间除了我，估计谁都没有这样吃过鸡蛋羹。

男人的厨房

我爱下厨房

在中国，有名的厨师几乎都是男的。历史上最有名的厨师，姓丁，那位解牛的庖丁，也是男的。

对于这些当厨师的男人而言，厨师只是一种职业，无论你多有名。

职业和家庭生活不同。历史上，真正掌握一家饮食大权的，其实少有男人。对于雇不起厨师的普通人家而言，似乎女人下厨房才是天职。

在我成长的岁月中，我家的一日三餐、亲朋欢聚，都是祖母和母亲下厨掌勺，祖父和父亲除了年三十傍晚给我们焐拆猪头外，都没有下厨的习惯。全家人都没有任何异议，甚至觉得理所当然。这是传统社会的遗训，其实隐含着某种特权和歧视，也是一种传统默认的家庭秩序和社会秩序。

我们家男人下厨，始于我弟弟学锋。弟弟少年时代，曾跟着表叔的连襟——我们兄弟管他叫姨父——当下手，没有正式拜师傅，但大家默认了。表叔的岳父家和连襟家，都是乡村大厨。乡村大厨是什么？就是什么菜都敢烧，都能烧，而且味道还不错。过去没有烹饪学校，乡村大厨都是拜师学艺，言传身教。弟弟跟着姨父过年时给人家烧酒席，耳濡目染，虽然后来没有学成脱师就当工人干上车钳刨了，但弟弟聪明，一看就明白。母亲年岁渐老，家里来客，都是弟弟主厨。只要日常他得空在家，厨房基本上就轮不到母亲和弟妹了。到我家喝过酒的人，无不夸我弟弟做菜做得好。但乡村普通人家，男人下厨房的，今天似乎仍不算多。

我下厨房的历史悠久。我很小的时候，祖母下地做农活前会把菜洗切好，用调羹留一点油，然后告诉我做这个菜需要加多少盐，什么时候出锅，剩下的就是中午前我垫着凳子在灶台前炒菜，还要来回往灶膛里添草结。但那是童年时代。

后来读高中读大学，愈觉下厨不是男人该干的活，操心天下才是。尽管古人早有明训：一屋不扫何以扫天下。

不过，大学一毕业就被打回原形，我发现自己仍然是个凡夫俗子。结婚后，我和太座一南一北，各自口味都很顽固，谁占领了厨房，谁就掌握了家庭饮食的方向。其时太座要坐班，我在高校，有的是时间，厨房自然就成了我的领地。买菜做饭，成了我的日常。直到我到国家机关上班，家里的厨房才变为谁先到家谁做饭。这个变化一直到我退出职场，买菜做饭再次成了我的日常。

从与太座争夺南北口味占领厨房的自私念头，到真正热爱上做饭，希望自己也能做出美食的自觉，最初起源于我有了孩子。

过去常说，掌握了一个人的胃，就留住了一个人的心。这话无论用在男女相爱上，还是用在家庭代与代之间的互动上，我觉得都具真理性。我清楚地知道，姑娘将来有自己的生活和事业，难得回家看看，但我希望她回家时，我一定会端出一桌让她开心的菜；或者，当她遇到压力的时候，能想起家里有她爸爸做的菜肴，可以慰藉……

就像今天的我，永远记得母亲的柴火灶的味道。即如里尔克的《民歌》所唱：

它的清唱来临，
纵使你远远离开，
到世上最寂寞的所在，
往后的岁月，
它执着的声音，
仍然会萦回在你的心里……

所以，我如今每次下厨给姑娘做饭，即使盘空了，也仍会征求她对菜的意见。她喜欢叔叔烧的糖醋排骨，甚至曾经将微信上的叔叔名称写成“糖醋排骨叔叔”，我烧的红烧带鱼、红烧青蒜鲫鱼和素炒平菇，虽然品相不怎么样，但她都很喜欢。

后来读小丫写的美食文章，“厨房即天下”，非常打动我，更增加了我下厨房的决心。

我喜欢下厨房，与治大国如烹小鲜无关。我喜欢的厨房天下，是货畅其流时代，汇集东西南北中的菜品，是汇集天下味道，是开放包容而又适合普通人的口味——就像我写文章谈的“一勺酱油里的鸿沟”，我的厨房，就要跨越这种鸿沟。

虚岁50岁那年我展望自己未来的人生，远大目标中就有下厨：

我这个人，向无大志，成不了事，也发不了财。我最大梦想，就是职业专业服务眼前的工作，将来离开服务的机构后，一把刀一支笔，安心过自己想要的生活。一把菜刀，好学好练，当个大厨，不仅给家人自己，也给南来北往的朋友，一慰胃口，也算发挥余热；一支笔，在故乡消失的当口，写透故乡一草一木、河中鱼、空中鸟以及被历史遗忘湮没的人物，也算对得起自己、对得起这块土地。有人向前，我愿停驻。就这样，各走各的道道，各有各的活法。生活才如此斑斓。

一支笔写故乡，我正在做，但一把刀下厨房，我还差得远。

这些年我在江南乡下摆席约酒，许下宏愿，要自己做菜，欢迎南来北往的朋友，并给自己做的每道菜写篇文章，用小楷恭录。

我还口口声声说要拜弟弟为师，拜弟弟的同学文伟老弟为师，要跟志刚老弟学干烧鹅……不过，我说了好几年，其实回家的日子，都轮不到我下厨房，父母都觉得我是开玩笑，毕竟我曾经“中过举”。

我曾经夸海口，要做一个吃货里写文章最好的，写文章里做饭最好的，不过后来发现，这是一个无法实现的目标——我的朋友王小丫，不仅写美食篇篇有神来之笔，饭做得也比我好；我的朋友陈晓卿，更是美食界众星捧月的大神，写了好几本与吃有关的书……

虽然望尘莫及，但我仍然不放弃。天赋不够，我勤奋啊，我不怕胖喜欢吃啊，喜欢写啊。相信有一天，我也能像模像样做美食写美食。

我许多男性友人都下厨做饭。北京的徐卫东大哥做的菜是一绝，原来在北京如今回了武进的怀福大哥做的菜也不错，这些都是我同乡中按旧例不会下厨的男人。我的朋友沪上海鹏兄，做的菜在社交媒体一晒，就是我遭碾压的时候——他做的菜不仅比我高档，而且看上去色香味俱全，不像我做的，怎么看都像黑暗料理；北京的川籍友人文涛，喜欢做荤食，有一次到他家吃过他当着我面做的菜，我都不好意思自夸自己会做饭；我到宜宾时，五粮液唐伯超总设家宴请我，繁忙工作之余，亲自下厨，其手艺更让我自惭形秽。……

时移世易，男人下厨的时代真的到来了。

我不再梦想做一个吃货中写文章最好的，写文章中做饭最好的男人了，我只想以后用普通食材也能给家人做出美味来，能在家自己做饭招待南来北往的朋友。

我相信每一个喜欢下厨房给家人朋友做菜吃的男人，内心都有着沉默的爱，下厨做菜就是他们表达爱的方式。

荠菜炒肉丝

荠菜炒肉丝是古法。

袁枚《随园食单》云："荠菜：吴中盛行，炒笋、炒肉丝、炒鸡皆可。杭俗则以豆腐干、麻酱油拌食之。"

但是，过去荠菜炒肉丝却不常见。

汪曾祺在《故乡的野菜》里说："炒荠菜很少人吃。"汪先生在高邮也是出身在殷实人家，他的记忆大约是没错的。荠菜我们小时候也很少炒了吃，至于荠菜炒肉丝，要很晚才能吃到。袁枚所录，大概是吴中富豪人家的席上珍罢了。

所以，过去吃荠菜多凉拌或做馄饨馅，既易弄好吃，还省油。物质并不丰富的年代，省油是农家生活必须细致考虑的。

荠菜吃油，炒荠菜自然要多放油才好吃，自然为过去农民所不取。过去农民吃荠菜，并非因为其美味，也非因为今天所言之健康食物，而是因为它是野菜，能充饥。但是，终于有一天，荠菜不再是充饥物，也不仅仅是吴中富人席上珍，而是成了一道普通人也能享用的真正美味，这还得托政治开明经济松绑之福。如今春节或早春，农家宴客，席上有一道荠菜炒肉丝，受欢迎程度甚至超过了扣肉，对于难得下乡的城里人来说更是如此。

过去很少炒荠菜，还有一个原因，大概是荠菜出菜少，虽然田野里到处都有野生，挑起来还是挺费时耗力的，油锅一过，看上去一大篮子的荠菜，炒出来其实没多少。现在农村家家户户，田间场头，都会种上荠菜，虽然是种的，但和大棚又不一样，完全是和野生荠菜一样的生长条件，吃荠菜也就方便多了。

荠菜吃油，当然荤烧味道为佳。

此番宅家，所食荠菜，无非烫锅弄馅。直到农历二月初，在故乡终于连着吃了两顿荠菜炒肉丝。

第一顿是在朋友开的农庄吃的。疫情期间不对外营业，都是附近老朋友私下聚会，老板亲自掌勺，做的是荠菜炒肉丝，荠菜和肉丝的口感处理得恰到好处，很受欢迎。

野生荠菜有些毛乎乎的感觉，而且纤维粗，整株炒，容易一簇簇，牵牵连连，还有轻微扎嘴的感觉，所以要切碎，但又不能太碎，太碎了筷子夹不起来。炒荠菜要恰到好处，就是既能处理掉牵绊毛嘴的感觉，还能夹起来，色彩青绿，至于肉丝也是做得很嫩。老板介绍说，炒菜之前，将切好的肉丝用盐和酒拌上，使劲抓挤一会，然后渍腌十来分钟，过油，即可以和荠菜一起炒了。渍腌我知道，但腌之前使劲抓挤肉丝，类似扬州大师傅做狮子头前

▲荠菜炒肉丝

使劲摔砸肉末一样的道理。这于我是个小技巧，学了一手。

第二顿是家里来客，弟弟用荠菜炒的咸肉。咸肉丝炒荠菜，跟鲜肉丝炒，口感又有差别。

与鲜肉丝炒荠菜相比，我个人会更喜欢咸肉丝炒荠菜。咸肉是江南春天的至味，也是特有的，是守藏之味，无论用它来烧笋汤、萝卜汤，还是用来蒸，烧咸粥咸饭，虽然都是配角，但却是至关重要的配角，提味增鲜，以其最佳。

弟弟此番炒菜用的咸肉，咸度不那么重，炒荠菜正合适。切丝过油炒荠菜，守藏在咸肉里的岁月味道，迅速弥漫开，在锅里与荠菜的香味相遇、交汇、融合，最终成了诱人之物。

无论是鲜肉丝炒的荠菜，还是咸肉丝炒的荠菜，荠菜都是主角。但是，缺了肉丝这个配角，味道就会是另一种。当然，这里提到的荠菜，一定不是大棚种的，甚至不能是农民栽种在田里的，非得是田野里自生自长的才好吃，下饭尤佳。

过去弟弟寄往北京的荠菜，我都是素炒了事。以后，还得认真来个荠菜炒肉丝，无论是鲜肉还是咸肉。

如何做一碗可口的胡葱笃豆腐?

胡葱笃豆腐，这是常州冬至前夜的当家菜。冬至隔夜，做一碗胡葱笃豆腐，也是常州旧俗。俗话说："若要富，冬至隔夜胡葱笃豆腐。"冬至时分，我故乡的同学老乡圈，都在晒各家做的胡葱笃豆腐。

关于冬至隔夜胡葱笃豆腐的旧俗，我在《故乡的冬至》一文里，已有详尽叙说，此处不赘言。作为家庭煮男，业余煮饭党党魁，我有兴趣聊聊如何做一份美味的胡葱笃豆腐。因为通过百度搜索到的做法，大多不靠谱，实在做不出一份好吃的美食。因此，正本清源是我这个江南旧闻记录者的义务。

胡葱笃豆腐这道菜的主料，是胡葱和豆腐。

胡葱是食用葱的一种，源自中亚，据说是张骞出使西域时带回的，汉时即有栽种。故乡有三种葱：胡葱、小葱、野香葱。胡葱个头最大，但与北方诸地所产的大葱是两个品种，个头比大葱小许多，味道也大不一样。北方的大葱辛辣味尤重，胡葱则要小很多，却带着更多清香，是调味菜品中的上品。所以，故乡农户都会在地里或者篱笆墙边种上几排胡葱，以备冬日烧菜做配菜调味之用。配菜调味所用的胡葱，主要是用其青叶，而不像北方大葱用葱白。我刚开始在北京自己做饭时，喜欢放北方大葱的葱叶，殊不知味道全然不同，大呼上当。尽管如此，至今我做饭时仍然还会留用一些葱叶，这其实是小时候吃胡葱习惯的残存。

我从来没在北京的菜市场见到过胡葱。在北京故乡风味饭店——比如常州宾馆吃到的胡葱笃豆腐，原材料都是故乡运过来的，属于真正的胡葱。有一次，我在朋友圈感慨了几句，思念老家的胡葱，朋友看到后即刻闪送过来，还给我留了两个字："乡愁"。

胡葱笃豆腐是常州菜，常州在江南，中吴要辅，八邑名都。做这道菜的豆腐，自然以石膏豆腐为佳，但北京难有石膏豆腐，从老家运输又不方便，只有就地取材，鱼目混珠，勉强凑合一下。

做胡葱笃豆腐时，先把胡葱洗净切段，把豆腐切块，块要稍大，不要太小。接下来，烧锅沸水，把豆腐放开水里氽一下，再用凉水一激，放置一边。

起锅烧油，把切段的胡葱放油里煸炒，待胡葱散出香味时，放入豆腐，或者先把胡葱盛出，放豆腐加水，加盐。我个人口味，还喜欢稍微加点糖。把胡葱先盛出，过一会儿再加进去，这样最后成品，颜色清爽，真正的一清二白。如果不盛出来，直接放豆腐也可以，只是最后胡葱会变黄。

许多人喜欢把豆腐先正反煎一下，这也是一种做法。不过，我和弟弟都不喜欢这样做。小时候煎豆腐，主要用来祭祖，这是我们从小的心理阴影，

▲胡葱笃豆腐

至今犹存。当然，没煎过的石膏豆腐，炖出来要比煎过的清爽得多，本味足。

如果有咸肉，切几小片五花咸肉，放在胡葱豆腐里，那个味道是最赞的。没有咸肉，把鲜肉提前腌一下依然还可以。实在不行，像四川人似的，弄点肉末也好。有一次，我没买肉末，想起来冰柜里还有冻着的肉圆子，便解冻了两粒，捣碎放锅里跟胡葱豆腐一起笃的。听说有人喜欢放虾球，个人口味，我不甚喜。

当然，如果条件好，胡葱笃豆腐最好用猪油。所有食用油里，猪油最香，也是我的最爱，唯一的不足就是成品不能放，因为汤容易凝固，必须趁热吃。当然，本来这道菜，就得热着吃。

这道菜的烧法与其他菜不太一样的地方，叫“笃”。“笃”在吴方言中，是文火慢烧的意思，煨汤多用“笃”。

故乡的豆腐，不怕文火笃，千炖豆腐万炖鱼，笃的时间久了，才是功夫，才有味。石膏豆腐笃到最后，看起来千疮百孔，实则形神不散，味尤绵长。

冬至，是全年整个北半球白昼最短的一天。冬至隔夜，虽非一年中最冷，但也很冷。此时，全家围桌而坐，一大碗胡葱笃豆腐热气腾腾，满室氤氲，清香扑鼻，豆腐在舌尖翻滚后吃下，再无寒意。

漫漫寒夜，真是唯有一碗滚烫的胡葱笃豆腐，方可慰藉。

晚春，一碗韭菜糟扣肉汤面

我很喜欢吃面条。我的朋友们都知道。每次回家，故乡的朋友都会带我去品尝故乡各种特色面条。这次在宜兴雅达书院讲谈，从常熟赶来的素未谋面的 85 级年兄，特意给我带来了一瓶用以拌面的酱油。

居家的早饭，我煮了碗汤面。面条很一般，是普通的宽挂面，筋道自然不够，远不如我小时候本地轧面机轧的。不过，那时能够吃上挂面（方言筒头面），绝对是一种福气。

原料虽然一般，煮出来的面条却别具特色。

煮面条前，我从早上才在门口地里割下的春韭里选了几棵，洗净切碎，放在海碗里，加上猪油和酱油待用。烧开水，下面，煮熟，硬软口感自便，我喜欢硬的，筋道些。接下来，先用铜勺盛少许面汤，浇在盛放着韭菜末和猪油酱油的海碗里。热汤入碗，韭菜烫熟后的香味和猪油香味迅速扩散出来，赶紧将面条捞入碗中，盖住香味，不让韭菜香味渗入面条里，然后再加面汤拌匀。面汤红绿相间，油花飘在其上，很好看。

韭菜猪油酱油汤面，跟青蒜猪油酱油汤面一样，其实就是最简单的阳春面底色。

饭桌上还有昨天剩下的几块糟扣肉，夹了两块，焐在热汤面中，再夹了些酒糟拌入面中，就像面店卖的焖肉面大肉面，红白绿相间，一看就有食欲。

糟扣肉是本地特色农家菜，用酒糟和五花肉做的扣肉，其味远胜梅菜扣肉，无他，酒糟之香，岂是梅干菜可攀比！

吃面的时候，扑鼻而来的是韭香味、猪油香味、糟香味、肉香味和面香味。吃完面，剩下的面汤上飘着一层韭菜末，端起碗喝掉汤及韭菜末，一点不剩。

"真香啊。"弟弟说。

做面之前，弟弟问我要不要去割两棵青蒜，家里种的晚青蒜，还正是嫩的时候。我在北京，一旦青蒜上市，加上家里有猪油，就会经常煮面，百吃不厌。

这一次，面对弟弟的询问我摇了摇头。我告诉弟弟，青蒜一定要在冬天和早春用来做菜拌面才最香，那是它们的旺季。如今，本蒜抽薹了，青蒜本身已不堪食用，蒜薹下面不易烫熟。晚蒜虽嫩，但蒜味远不如冬天和早春的本蒜。所以，这时做面不如用春韭。

本韭如今正是旺季，是本韭最好的季节，既嫩且香，搭配面条最好。不过，韭菜不能切段放面锅，煮太熟韭香味就留不住，一定要切碎，用热面汤烫熟，韭香味才能全部激发出来。虽然韭香味和蒜香味不太一样，但各有独特之处。这一点，弟弟身为乡村大厨，却并没有像老饕的我那样琢磨过。尤其是早上刚从地里割下来的新韭菜，与工业化生产完全无关，哪个面店饭店有这样讲究的条件?

仅此一点，这碗面条足可傲视群雄了。再说还有糟扣肉，最好的面条店的焖肉，恐怕也赶不上糟扣肉的香味吧? 所以，糟扣肉和酒糟做面的浇头，其实是神来一笔。这样的面条，才真是可遇不可求。

面条店虽有焖肉面大肉面，但是，毕竟没有人为了吃面条去专门做糟扣肉。就算是我这样的吃货，平常吃面，也赶不上有糟扣肉的时候。

这次是巧了，饭桌上恰巧有剩下的糟扣肉，成就了一份满室生香的美食。这一巧合留下了千万般的念想，以后早上有剩糟扣肉的时候，恐怕煮面条是不可避免了。当然，还得有青蒜或韭菜。

韭菜汤面的味道，我是有预期的，但加

▲韭菜糟扣肉汤面

了糟扣肉和酒糟，却在我的想象之外。这一碗面条，也算是凑齐了天时地利人和。如果面条质量更好些，那就更无法形容了。

天下至味，其实都是偶尔得之的。这一次的韭菜糟扣肉汤面，就是如此。

韭菜汤拌饭

很多人不喜欢菜汤拌饭。他们的解释，无非就是现代养生学的逻辑。但是，这种逻辑不过就是温室里的花朵，看得，却不堪用。

我喜欢菜汤拌饭。无论是荤菜汤如南方的红烧肉或糟扣肉汁拌饭，北方的侉炖排骨汤拌饭，还是素菜汤如南方冬日的青菜汤拌饭、晚春的韭菜汤拌饭、北方的蒜黄炒鸡蛋汤汁拌饭，我都觉得简单便捷，更是至味。

肉汁和排骨汤汁拌饭，于我不仅是美味，也是解酒妙物。至于青菜汤拌饭、韭菜汤拌饭，则是自小养成的味蕾，是伴随成长记忆的美味，即便再有多少奢靡饕餮也不能使之屈服流亡。

今年春韭下来的时候，我恰好在故乡。在家第一次吃韭菜，我就用韭菜汤浇在白米饭上。弟弟说，韭菜汤浇饭，香啊。原来，弟弟跟我一样喜欢。

及后出门打秋风回家，宿醉难耐。我跟母亲说割把韭菜，中午素炒一下吧。到了中午吃饭，韭菜汤浇在米饭上，且咸且香，尤其是浓郁独特的韭

香，似乎溶化进了每一粒米饭，味觉和胃口顿开，宿醉的萎靡迅速远遁。

“真好吃，香。”我舒出一口气。

拌饭的韭菜汤汁，并非刻意做的，其实就是韭菜清炒时自身的汁液。清炒时汤汁多，说明韭菜新鲜且嫩。韭菜搁时间长了，新鲜度下降，或者韭菜老了，都很难有汤汁。比如我在北京做韭菜炒鸡蛋时，韭菜常常或老或不新鲜，难得有汤汁，不加水就容易糊锅。但是，即使为防止糊锅加了水成的汤汁，我也都会用来拌饭吃。当然，这样的汤汁只是一种安慰而已，完全无法跟鲜嫩韭菜的汤汁相提并论。好的汤汁不仅蕴含了韭菜本身的精华和味道，还溶进了油盐之味。在我少年时代，油盐也缺，菜汤里油盐味略重，对贫苦人而言，简直就是福音。那些菜的汤汤水水，最后都被拌饭消灭，从来没有一点浪费的。

印象最深的，是下地后下午回家吃点心。如果竹橱里有中午的剩米饭和吃剩的韭菜，用韭菜汤一拌凉米饭，菜都不用，三下两下，一会儿就进了肚子。这个时候，才能真正理解狼吞虎咽之意。

不过，韭菜汤拌饭虽然好吃，但在城里人的眼中，这种吃法常常会被视为不够雅观。如果在别人家里这样吃，尽管客人觉得美味，但主人绝对会坐立不安的——难道我的菜不够丰盛不够好吃，偏要用韭菜汤拌饭？或者内心会奚落，真是土包子，竟然用菜汤拌饭，也太没礼貌了吧？

所以，我通常只是在家里才用菜汤拌饭，在到岳父岳母家偶尔也会，但总是要小心翼翼，尽量不让老人感到不堪，也算是餐桌礼仪吧。

每次大鱼大肉大酒之后回家，一碗韭菜汤拌饭，简直堪比天下至味。

红烧野生鲫鱼

“晚上弟妹用家里养着的最后两条野生鲫鱼烧水腌菜，水腌菜略咸，但鱼和鱼汤极其鲜美。我吃了一条，最后忍不住，破了晚上不吃主食之诺，弄了些许米饭，鱼汤一拌，眉毛都要鲜掉了。”

头天晚饭后，我在朋友圈发了这段文字。第二天上午，弟弟的连襟就开车送来了很多湖鲜，有野生鲫鱼和昂公，还有虾。原来，我的一位师兄看了朋友圈，怕我在家坐吃山空，遂跟滆湖边自家亲戚打招呼弄了一些，又让弟弟的连襟取了送来。再过一会儿，弟弟的同学又送来了好几条野生鲫鱼。

跟许多人不太一样，我去北京上大学之前，已经不喜欢吃淡水鱼了。父亲是捉鱼佬，我也自小算得上同龄人中的捉鱼高手，接触鱼太多，以至于有了小小的厌恶感，只喜欢捉，不喜欢吃，当年喜欢的，就剩吃鱼冻和鱼籽了。没曾想，到北京读大学时，市场上没有活鱼卖，只有冰鲜的鲢鱼或者死鱼，一下子跟鱼有了距离，对淡水鱼的热爱重新泛起了。

如今，北京市场上各种淡水鱼都有，我主要买活鲫鱼做。因为鲫鱼的个头，既适合城市家庭厨房的小锅灶，也适合小家庭当菜。鲫鱼有许多做法，但我在北京只做红烧，因为买来的鲫鱼也就红烧尚堪食用，养殖的质量实在难以一提。

鲫鱼其实很普通，在江南四大淡水养殖鱼中敬陪末座，“鳊白鲤鲫”，但它的味道其实远胜排在前面的鲤鱼。鲫鱼不仅味道好，而且营养高。江南旧俗里，鲫鱼炖汤常是产妇用来催奶的妙品，至今仍是民间良方。

但是，鲫鱼做菜的真正鲜美之处，并不是红烧白汤还是蒸煎的做法，美味的保证在于鲫鱼的质量。养殖的鲫鱼看着肥大肉厚，鱼肉却软绵绵烂兮兮，毫无质感。春节期间，弟弟也烧过养殖鲫鱼，趁热吃实在不如人意，拖到第二天成了鱼冻，味道才堪堪有点感觉。

我曾与一些媒体界的朋友同往云南大理一游，大理有个湖也叫西湖，不过是在高原相对偏僻之所。此处天高云淡，碧水荡漾，我一看湖面和周边没被污染，就知此湖产鱼质量不错。午饭时有一道酸菜鲫鱼汤，味道极其鲜美，只夹了条小鲫鱼一尝，我一下子便想起小时候鲫鱼的味道！同桌展江的夫人也有同感，不过，同桌之人多北方人，无法理解这样的野生小鲫鱼的美味，结果这一大盆全便宜了展夫人和我。午饭结束时，在另外一桌就餐的展老师见到我，第一句就是：“学东，今天的小鲫鱼特别好，吃了没有？”我和展夫人哈哈大笑。

直到今天，在大理西湖吃到的酸菜鲫鱼汤里的鲫鱼，仍然是我长大后吃到的最好的鲫鱼，至今仍有回味。

▲红烧野生鲫鱼

今年冬春之际，我在家吃了不少顿鲫鱼，以前一年也不会吃这么多。年前弟弟的好友送来了许多自己河里野生的鲫鱼，这就像我小时候故乡河里的野鲫鱼；年后师兄送来的野生鲫鱼，既无异味，肉质不仅鲜美，关键质感很好，与养殖鲫鱼入口的感觉完全不同，算是如今淡水鱼中的上品了。然而总体而言，如今的一些水体虽然干净，与我们小时候也是没法比的。

每次做鲫鱼，弟弟弟妹都会想着变换些花样，主体是红烧为主。红烧又分青蒜红烧、水腌菜红烧，都是最普通常见的家常菜；白烧则是用萝卜丝、豆腐炖鲫鱼汤，还有一种做法是用鸡蛋炖鲫鱼。

鸡蛋羹的味道，尤为鲜美。

我最喜红烧，尤其是水腌菜加青蒜红烧野生鲫鱼，鲜得一塌糊涂。这样的红烧鲫鱼，即使一顿吃不完，剩下的成了鱼冻，下顿依然是绝味。我个人不太喜欢吃鲫鱼汤，无论是萝卜丝炖还是豆腐炖，可能跟小时候觉得鲫鱼汤主要是产妇吃的偏见有关。

冬春之交的野生鲫鱼，因进入了“销籽”（方言，产卵）时期，故大多有鱼籽。我小时候就喜欢吃鱼籽，如今仍是。故乡旧说小孩不能吃鱼籽，吃了会笨，其实就是取鱼籽数太多，怕小孩吃了不识数之意。

袁枚在《随园食单》中说，鲫鱼以扁身白肚为佳，乌背者，必崛强于盘中。其实冬天和初春的江南野生鲫鱼，无需像袁枚说的做法那种复杂，只需家常做法，便成经典绝味，也是江南物华天宝之地的表征。

一碗旺汤，酒醒处是故乡

一天中午，我在朋友圈晒了碗酸汤，第一个点赞的沪上媒体美女评论道：“这个真的是小时候的味道了。”美女是无锡人。

这一碗汤，叫旺汤，亦即血汤，血豆腐汤。

旺汤是故乡非常土且简陋的一道菜。我小时候参加乡村酒席，一般最后一道菜就是旺汤。

说它土且简陋，无非是因为它的原料和做法。旺汤的原料主要是猪血，当然也可以用鸡鸭血，更鲜嫩。不过，因为故乡对猪血需求量大，所以多以猪血为主。

血旺的制作也很简单，小时候父亲去帮人杀猪时，我有时会在边上打下手，给装血的盆里加些盐粒开水，杀猪时血飙进盆里后，用锅铲不停地搅动、化开，然后等它凝固，凝固了就叫血旺，就是现在通常说的血豆腐。一般家里和喜宴上做旺汤，通常血豆腐都是在集镇上屠宰专业户处买的。

旺汤做法更简单。买回家的血旺通常要泡清水里，既算清洗，更为储放。做旺汤时，依个人偏好将血旺切成块或条，水烧开时将血下锅，加几根姜丝去腥，水滚开起锅，然后往汤碗里加切碎的青蒜末或青蒜段，再加醋，一碗旺汤就大功告成了。至于口味，有人喜欢偏酸，那就多加些醋，所以，故乡称旺汤也叫酸汤。我有时还喜欢放些猪油，深色的血汤上亮晶晶的油花，加上绿白的青蒜末，还是挺诱人的。

我在北京有时也做旺汤，没有青蒜时，我会用葱或韭菜鱼目混珠，这也是一种味道。

旺汤源自何时，无从可考。我想，旺汤最初应该是作为醒酒汤出现的。在故乡旧时的酒席上，旺汤作为最后一道热菜上席，喝酒的男人最喜欢。醉醺醺的男人一喝这道汤，头脑就会清醒许多，说话也会利索些，也是我自己的亲身体会。如今冬天在家喝酒，我还是很喜欢旺汤。酒醉后有一道醒酒的旺汤，酒醒处，不会在其他地方，一定是在故乡。

我称旺汤为醒酒汤，无非就是酸味提神开胃，热汤暖胃，对于迅速缓解酒醉的身体和精神都有益。当然，旺汤的功效不止这些，喜宴上吃得油腻，最后上一碗酸汤，清清爽爽解腻，很受欢迎。当然，用血块做，也不排除包含着中国人传统的吃啥补啥的想法。这也是它后来不仅成为醒酒汤，也成为一道家常菜的原因所在。故乡如今的鸡鸭鹅血汤，就成了一道名菜，不惟是醒酒汤了。

旺汤需要趁热吃，烫点尤好，纯喝汤或浇米饭都行。一旦凉了，血旺的腥味就会起来，旺汤也就不好吃了。旺汤质量的好坏，首在血，货真价实不加“料”的血最重要；其次血要下得嫩一些，好血一烧遇热会收缩，会出现密布的细孔；最后在醋，江南的血汤，自然配镇江香醋最佳。

我曾一直以为旺汤是故乡的独特风味。后来走南闯北，才知道到处都有血做的旺汤，而且大多也称血为旺，不仅有猪血汤，还有羊血汤、牛血汤等。我吃到的最好的旺汤，是多年前在顺德附近的一家农家乐。在鱼塘边上，我跟三位密友喝酒，用现杀的鸡的鸡血做汤，以刚从树上扯下的鲜枸杞叶为配料，鲜美无比，这种味道，再无遇上过。

但我最爱的还是故乡的那碗旺汤。

馄饨，百吃不厌的爱

在故乡美食（主食）排行中，馄饨曾一直高居我最爱的榜首，最近我才把馄饨、萝卜丝肉馅团子和肉骨头咸粥并列为我的最爱，不分先后。

馄饨是江南故乡的旧物，我写过不止一次，无论是夏至的馄饨，还是过年的馄饨。

作为故乡传统食物，馄饨地位尊荣。地位尊荣的食物，都会被列入故乡旧俗节气里。比如糖圆，正月十五元宵节和乡人造屋庆贺必备；咸粥，农历腊月初八叫腊八粥；比如团子，清明节用来祭祖，农历八月廿四用来谢灶，过年小团子要用来谢宅；粽子，农历五月初五端午节没有不吃的人家；茄饼，农历七月十五前要用来祭祖敬神……

馄饨，故乡旧俗，一年 365 天中有两天绝不能缺席，就是夏至日和农历除夕的中午。古老相传，夏至吃了馄饨，一来疰夏，小孩不长痱子；二来保佑水乡顽童夏日平安——取馄饨熟后浮起之形意。至于除夕中午的馄饨，也是取其吉兆，馄饨是皮裹馅，取其形意，吃了馄饨新年有新衣服穿；当然也有说馄饨形似元宝，吃了馄饨，新年发财。这些都是美好祝愿。

我家人都爱吃馄饨，因为年夜饭隆重，所以自我小时候起，除夕中午的馄饨就改在小年的晚上吃了。

小年一早，弟妹起来就弄馅，青菜此前就已割了回来，洗净切碎汆水剁馅拌馅，弟弟又从街上买了馄饨皮回来，现裹现吃。我拌馅不行，没试过手，在家也轮不到我动手。但是我裹馄饨是高手，又快又好。过去回家，母亲裹馄饨，我都愿意帮着一起裹，这次也不例外。

许多人喜欢荠菜肉馅馄饨，我也喜欢。但是，喜欢荠菜馅馄饨的城里人，并不清楚的是，野生荠菜的纤维其实是挺粗的，还有一种特有的气味。至于大棚荠菜，则远不如家里地里种的过霜的青菜做馅。我最喜欢的，其实是青菜为主，适量搭配些野生荠菜做馅。弟妹做馄饨馅时，就是青菜加野生荠菜的。当然，做馅时加猪油渣最好，没有猪油渣，退而求其次，用炒熟的五花肉末拌馅。这样做的馄饨，才是上上品。

吃馄饨时，像我这样的人，有三样佐料是必加的：猪油、青蒜末和酱油，吃故乡风味汤面也是这三样最佳。不像我家那位北方出生的太座，吃馄饨还像北方似的蘸醋，我想都不敢想。只有厚皮的饺子，我才蘸醋。馄饨的皮，可要比饺子皮薄许多。

裹馄饨虽然现在简单了许多，但家里还是依着过去的传统一次会弄好多馅，裹好多馄饨。一次吃不了，就都煮熟了，将吃不完的馄饨放在一边晾干，第二顿想吃，就可以继续下汤馄饨或者煎馄饨。我的第二顿汤馄饨，其

▲裹馄饨

实就是熟馄饨回锅。不过，因为馄饨皮薄，熟馄饨回锅，比头顿汤馄饨差了很远，不如煎馄饨。

馄饨不仅我喜欢吃，故乡的朋友也喜欢。家里第二次裹馄饨时，弟弟的几个朋友到我家来喝酒，名义就是吃馄饨。弟弟的同学家裹了馄饨送来，也是好东西愿意一起分享之意。

小年夜的馄饨，我用最大的碗吃了一碗半，估计得有 30 只馄饨。朋友们听说，只会瞪大眼看着我：你怎么吃得下的？

怎么吃得下？爱它，就是要多吃。

如何做一碗好吃猪油青蒜汤面

我喜欢吃各种各样的面，阳春面、红汤面、炸酱面、刀削面、油泼扯面、重庆小面、兰州拉面……都喜欢。不仅喜欢吃，我还喜欢自己动手做。煮面方便，不需要炒菜煮米饭，搞得兴师动众。

不过，我只会做最普通平常的面。南方那些有复杂的浇头和北方那些有红辣的调料的面，我不会做。但是，越是平常普通的做法，才越能显出手艺的重要性。毕竟，我们吃的是面条，不是调料，对吧？

当然，我也只会去超市买现成的挂面，或者手擀面——我小时候看祖母和母亲擀过面，自己没学会，所以，只好买现成的做。不过，现在挂面品种丰富，宽的细的韧的很多，挑自己喜欢的类型即可。

在故乡乡下，至今还在用传统的灶台，在大铁锅里煮面条，跟在北京的小厨房里煮面，风格还是不太一样。

大铁锅里煮面，通常是煮全家人吃的量。人多，下锅的面条也多，水几乎要倒入半锅，等水一开，将面条放进去，用筷子来回搅拌。铁锅煮面条，火旺，用筷子搅几个来回就差不多可以出锅了。如果家里有老人，那就稍微多煮一会，面会软一些。

在北京煮面条吃，则要温柔得多。毕竟不需要煮这么多面条，而且寻常煤气灶的火力也一般。根据要煮面条的多寡，烧上一锅适量的清水。待水将开未开之前放入适量面条。如果准备了些青菜，下面之后可以放几片青菜叶。待锅上水再开的时候，加些凉水。加凉水，一来是容易让面条熟软；二来是能让面条紧绷，更有韧劲。之后用筷子来回挑几下，防止面条粘连，接着再点一次凉水，等烧开即可出锅。

面条虽然煮熟了，也只是面准备好了，还得有调味的浇头。

不放浇头，调料还是要放的，我吃面条的调料最简单而奢侈，就是酱油和猪油，以及切碎的青蒜。说简单，是因为这三样调料，相比南方复杂的浇头、北方油腻的红辣做法，当然非常简单了；说奢侈，是因为猪油和青蒜。如今猪油不多见，尤其熬得好的猪油更少。很多人认为吃猪油不健康，纯是无稽之谈，吃面条加猪油，特别的香；其次是青蒜，现在有味的好青蒜也不多，北方的馆子里，有时甚至用扁葱冒充青蒜，很不地道。

北方人不懂得青蒜的好处，尤其在吃面、吃馄饨时，切把细碎的青蒜，放面条汤馄饨汤里，会产生多么奇妙的反应，多么勾引我的味蕾啊。记得，一定要用青蒜，不要用葱，葱是另外的味道。实在没有，放韭菜也比放葱好。于我而言，吃汤面可以没有猪油，但绝不能没有青蒜。没有青蒜的时候，我基本不做汤面吃。所以，我吃汤面多在冬日。冬日才有青蒜，或去菜

▲猪油青蒜汤面

市场买，或自己在家栽培。

猪油青蒜，是吃南方汤面最基本的搭配，也就是所谓的南方汤面的“底色”。其他各种浇头，比如排骨、肉圆、猪肠、豆干、雪菜，等等，当然都可以加，但最多只是锦上添花而已。

通常，面条出锅之前，碗里的调料已经准备好：酱油、猪油和青蒜末。先放一些面汤在碗里，滚烫的面汤迅速把酱油猪油和青蒜末溶化混杂在汤里，厨房里飘起了这三种调料的香味，层次清晰分明；然后捞起面条放进碗里，红汤白面，用筷子搅一下，碗里飘起油花和切碎的青蒜。这个时候端起碗闻一下，那香味扑面而来，赶紧找地坐下开吃。

这样的面条，才是我的最爱。其他的面条，多是充饥而已。味蕾是童年的记忆，这样的汤面伴随着我，从南方到北方，味觉系统被重组后，依然没有忘却。

最爱猪油青蒜汤面。没有之一，只有唯一。

炝 虾

我小时候很喜欢捉虾。无论是春夏秋时在阳光下的埠头级上，还是清澈见底的漾滩上，或者捉茭白棵里的青虾，或者用搪网搪很小的糠虾。

小时候的故乡，河渠纵横，蓝天白云明晃晃的太阳下，河水是清澈的，能看到每条河里都有青虾。河里的沼虾（青虾的方言），喜欢在无人的埠头上，或者水浅的漾滩上，优哉游哉地慢慢爬行，或就待着，像冬日墙角里晒太阳的老人。但稍有风吹草动，沼虾迅即屈身而弹，“嗖”一下子就逃开了。对于顽童而言，捉虾时与虾斗智斗勇也是一种乐趣。

小时候捉到沼虾，我喜欢连壳一起塞进嘴里生食，很残忍，像野蛮人。至于长大后见识过的流行的烧虾做法，无论是盐焗水汆、红烧清水，还是各种虾仁烧法、馅里放虾仁，一概对我没有吸引力。我不知道为什么，或许是因为小时候常捉沼虾来生食的缘故吧——这世上，真正像我这样吃虾的人，不会太多。生吞活剥过活蹦乱跳的虾的人，怎么会看得上熟虾死虾呢?

迄今为止，虾只有一种吃法我是爱的，那就是醉虾，故乡也称炝虾。这种做法，虾是活的，不过是喝醉了酒，就成了酒徒的下酒妙品。

醉虾生食的历史，在中国由来已久。岭南人乃生食之王。唐时广州司马刘恂著《岭表录》，历来考据之家，皆资引证，刘恂著有醉虾记录："南人多买虾之细者，生切绰菜、竺香蓼等，用浓酱醋先洗活虾，盖以生菜，然以热饮复其上。就口跑出，亦有跳出醋碟者，谓之'虾生'。"

不过，我客寓广州时，这种醉虾似乎很少吃到。倒是后来在长三角、江浙沪地，醉虾别开生面了，成了一道经典名菜，无论是大都市里的高堂大屋，还是近河湖的乡镇小店，但凡有醉虾这道菜的，都是美味。

过了春节，依然困守家中，弟弟的兄弟文伟过来喝酒，他是大厨，我一直说要拜他为师学做菜。聊及他的拿手菜，聊到烧虾，我说了句，虾我就喜欢醉虾，下酒最好。文伟一听，说了句：好，老兄，明天我就做份炝虾你尝尝。下午，他骑摩托就去了镇上，取了他一早就跟朋友预定的湖虾回来。

做炝虾必得用新鲜的活虾。鲁迅先生也爱醉虾，他就写过，"虾越鲜活，吃的人便越高兴，越畅快"。炝虾还得是小虾，个头不能大，大了不易醉，也不入味；当然也不能用糠虾，实在太小了。过去用河虾，现在河里的虾没了，用的都是湖虾，所以要预订，临吃现取现做。虾取来后养在清水里，相当于清洗，它们在盆里活蹦乱跳欢着呢。

关于炝虾的做法，本身很简单，《随园食单》里袁枚这样记录："虾带壳用酒炙黄捞起，加清酱、米醋煨之，用碗闷之。临食放盘中，其壳俱酥。"

所以，要做炝虾，似乎谁都能做：将活虾用水冲洗之后，放在盆里，倒

▲炝虾

酒，加姜末、生蒜的蒜末、盐以及适量的芥末、酱油、醋，倒白酒，盖盖子，腌渍十分钟左右，即可上桌生食。此时，大部分虾已经醉倒了，有气无力，只有残余几只酒量大的，还在盆里挣扎着，但弹跳显然已经乏力，像醉酒的人一样。

尽管炝虾的做法很简单，但不同的厨师做出来的味道不同，有人喜欢加味精，还有人喜欢加红腐乳——这次文伟做炝虾之前，特意问过我要不要加红腐乳，我说都行，后来他没加。在许多地方吃炝虾，都喜欢加红腐乳。

晚上，文伟做了一大盆炝虾，足有两斤，

他放的不是白酒，而是家里的米酒，还放了几棵新摘的芫荽（即香菜），既添菜香，又增色泽。这醉虾，入味、鲜嫩，所有的熟虾做法，一概无法相提并论。喝酒的时候，就着这样一份醉虾，那种食客的幸福感，油然而生。

那天晚上，一大盆醉虾见了底，就连那几棵碧绿的芫荽也被分光了。人人都爱醉虾，人人都夸醉虾做得好。

我突然想，炝虾的炝字，换成“呛”字可能更合适。虽然“炝”是一种烹饪方法，但如今流行的炝虾之法，都不“炝”，而是“呛”——袁枚所录，也是“呛”法而已：用酒、酱、蒜、姜、芥末等辛辣之味，呛晕虾而食而已。

我后来跟文伟说，以后，我宴请各地朋友，你都得帮我配份醉虾。

搭粥的萝卜干

有天我正在书房看书，弟弟在院子里叫我，请我搭把手。

出去一看，他把一袋白萝卜干放凳子上，凳子一头系了绳子，他竹竿穿过绳子，正在挤压袋子里的萝卜干。我好奇问弟弟干吗，他说腌萝卜干，家里种的白萝卜水口太好，必须要挤掉些水分才能腌。

这不是晒了几天了么？我有些疑惑。前几天弟妹切了一大匾白萝卜，天天放院子里风吹日晒的。

太阳收掉的是萝卜干的表层水分，这萝卜水分太多，若不挤掉些水分，腌出来的不好吃。

我恍然。弟弟让我将竹竿的另一头使劲下压，他随即用绳子固定住。说话的功夫，凳子上受挤压的萝卜干开始往地上滴水——水分果然多。我没想到，晒了几天了还这么多水。

萝卜干是常州特产是我上了中学后才知道的。老师讲乡土地理，讲到本地特产，就三样：萝卜干、篦梳、芝麻糖。我那时在乡下，什么都不懂，心里还纳闷，萝卜干算什么特产，不是家家户户秋天都腌吗，冬天萝卜干搭粥，好吃啊。

后来到北京学习工作，给故乡在京工作的同乡长辈带礼物，最常见的就是常州萝卜干，不过，带的都不是自家腌制的，而是买的。买的萝卜干品相好，还有包装。直到如今，故乡朋友到北京，也还常带萝卜干给我。至今我北京家里的冰箱里，还有一小坛去年朋友送的常州萝卜干没有开封。

其实，我在去北京读书之前，从没有吃过买的常州萝卜干，吃的萝卜干都是自家腌制的。农村人谁家愿意把钱浪费在那上面。再说，自家腌的萝卜干，当然很好吃啊，虽然偶尔也会有质量不稳定的时候。故乡旧时俗谚“吃三年萝卜干饭”，意即老老实实从最低一级做起，跟着师傅学手艺，学会了有了自己的本事，才有其他饭吃。亦可见萝卜干之普遍和底层化。

我小时候，家里种白萝卜很少，种的都是红萝卜。儿时我们割草偷萝卜，偷的也是红萝卜。通常秋收以后，红萝卜也丰收了，主要用来做萝卜干。与白萝卜干条形瘦长相比，红萝卜干取决于萝卜本身的形状，要比白萝卜干显得粗壮丰满许多。故乡秧田里过去有一种水生动物，大概和蚂蟥是远亲，比蚂蟥粗壮，不知其学名，方言称“牛拉打”，俗称“萝卜干”，外形很像萝卜干，不过它的颜色是深褐色，不像萝卜干是偏红色。

我家应该很多年没有腌过红萝卜干了。分田到户后，白萝卜已经不从宜兴渎上买了，我们发现本地种的白萝卜，产量也不低，质量也不差，所以，家家户户都种了白萝卜。种了白萝卜，吃不完，一大作用就是腌萝卜干。

腌白萝卜干的方法很简单，跟过去腌红萝卜干一样，把萝卜洗净、去须、切段，先用盐腌下，方言俗称“麻一麻”，吃点咸头，然后拿出来放匾里晒。小时候赶上秋天晒萝卜干的季节，天好时，家家户户晒场上，匾、篾席上都是红白相间（红皮白肉）的萝卜干，有时为抢时间，晚上也不收，在匾上再盖个匾，把篾席一卷，防止第二天早上有露水。晒干后再腌。

腌萝卜干时，一层萝卜干一层盐，再放些茴香，把瓮头塞满后，还要塞进，不让有空隙漏气——小时候腌萝卜干时我曾干过用棒槌使劲帮着塞萝卜的事——然后再用纸或荷叶、塑料盖上，再在上面笃上泥，密封好，过些日子就可以开瓮即食了。如今腌萝卜不再用纸加泥巴之类了，瓮头设计得比较科学，适合腌制密封，加上用碗盖上即密封了。

这次弟弟是将白萝卜干脱水后又晒了晒，然后再腌的。当然，现在不像以前，还要用棒槌，弟弟只是使劲用手塞了塞。腌制时，除了放盐和茴香，弟弟说，腌白萝卜干，必须要稍微放点酒，而且得用烧酒，高度的，他用的是自己家吊的烧酒，据说这样腌出来的萝卜干，脆而香。

腌萝卜干放高度白酒，我还是第一次知道，小时候腌红萝卜干是肯定不放酒的。

商品化的萝卜干则要复杂得多，会加各种调料，包括酱油。虽然色泽更鲜艳，可能更香甜、口感好，但自家腌制的，安全、低成本、口感照样不差。

这不，自从弟弟腌的萝卜干上桌后，除了早饭我用它来搭粥外，晚上喝酒时也用它来下酒——我跟弟弟说，酒酣菜凉之后，如果还要接着喝，水腌菜和萝卜干是最好的酒伴侣。不惟如此，晚上我在书房熬夜，感觉累了嘴里乏味，会跑厨房去直接用手拈块萝卜干解馋，甚至，上楼睡觉时，我还是不忘拈一块萝卜干塞在嘴里，全然忘了刚刚刷过牙。

父亲牙不好了，但他还能吃萝卜干。他说，要是腌萝卜干时削了皮，更好。削了皮的萝卜干，会更脆嫩。不过，我个人还是偏好带皮的萝卜干。我建议母亲把萝卜干切碎，放点青豆，爆个油锅，父亲吃起来会更方便。老两口几乎异口同声地说不好吃。其实我也不喜欢吃熟萝卜干，但是在北方有这样的吃法，烂塌兮兮的，可能适合牙口不好的，但味道真的是一言难尽。

萝卜干，穷日子的当家菜，富裕后的解油腻妙品。

水腌菜爆青豆

过节大鱼大肉，至今仍是传统，但大鱼大肉吃多了，总想着吃点解腻之物。于是节中有一天，弟弟说，弄点水腌菜炒青豆吧。

故乡冬日腌制的水腌菜，从可以食用起，无论是生吃还是熟食，无论是单独为菜还是佐以其他荤素菜品成菜，都是美味之物，且能解腻，为故乡之人所钟爱。春节时，母亲炒的水腌菜，即是早餐的当家菜，是冬日早餐米粥的最佳伴侣，它比萝卜干还好。

水腌菜爆炒青豆，是故乡冬日早春常做的一道家常菜，当然也是搭粥的下饭妙品，更是佐酒佳物。

同水腌菜一样，青豆也是江南故乡旧物，通常种植于自留地边角和良田的田埂地头，过去但凡有一丝空地，都会种上。青豆有两种，都可以用来炒水腌菜。故乡种的最多的是黄豆，黄豆嫩时是青色的，过去种黄豆多，常用来换油；故乡还有一种老了也是青色的青豆，属于大豆中的优质品种，豆粒

▲水腌菜爆青豆

比黄豆稍大，青豆量小而珍贵。

不过，无论是黄豆还是青豆，都是秋作物，嫩的时候从品相上说都是青豆。秋天收豆子的时候，嫩青豆炒茭白，五侯门下负平生；嫩青豆炒水腌菜，鲜得眉毛都要掉下来。

早些年探亲回家，母亲总要给我带上一袋老青豆。而今我家种黄豆青豆都有，多嫩时采摘。若当季吃不完，就会储放在冰柜里冻起来，过季再吃。虽然过季的冰冻青豆鲜味多少会受影响，但若与当季水腌菜一起做菜，水腌菜猛烈浓郁的咸鲜味，足可遮掩因冰冻流失的青豆鲜味，使这道菜不失其鲜美，且更可弥补过去过季吃不到的遗憾。

水腌菜爆炒青豆做法其实很简单。捞出适量水腌菜，洗净、切碎；青豆化冻、浸泡。等油锅热后，倒入青豆翻炒至七八成熟——有些人担心青豆不易炒熟喜欢用水焯一下也无妨，不过我觉得水焯后有水味——倒入备好的水腌菜翻炒，菜熟后出锅盛盘，豆青而菜金黄，酸香味四溢，常常诱得我空口品尝。当然，口味重的可以适量加些盐，不过，因为水腌菜本身咸酸味重，不加盐其实也无妨。

与在饭馆看到的水腌菜豆多而腌菜只是点缀不同，我家做水腌菜爆炒青豆，通常是豆多菜也多。个人认为，水腌菜爆炒青豆，还是要水腌菜稍多，毕竟它味重且当季，是此道菜味道的主力担当。

有时候在做水腌菜爆炒青豆时，还会切些瘦肉丝加进去，这样的味道更加丰富复杂。不过，我个人更喜欢水腌菜搭配青豆，或蚕豆，或笋片，或小虾等，这样更觉清爽些。本为解腻之菜，加了肉丝，虽然味道不差，但与前旨南辕北辙了。

江南冬日早春皆冷，喝酒时虽然酒暖人心，但荤素热菜皆易凉，喝到最后，上一道水腌菜爆炒青豆作凉菜，往往是酒局延续的最佳佐菜，解腻也开胃，原本不到半斤的酒，有这道菜，可以奔着八两去了。而酒后用水腌菜爆青豆下饭，原来只吃一碗的，一般还能加饭，这些都是我自己的亲身体会。也许跟我个人喜欢水腌菜的味道有关系吧。

佐酒下饭的水腌菜爆炒青豆，凉菜最佳，而且冬日不易坏，第二天早上可以继续搭粥吃。不过，如果加了肉丝，还是当天食用最好，毕竟肉丝凉了不好吃，这点水腌菜和豆子，完胜。

如今城里人讲究健康，总觉得水腌菜不健康，但是我不在意，毕竟故乡味道长。

再也找不到从前味道的青菜蛋花汤

这两天大学同学群里，因故回忆起 1985 年我们刚上大学那会儿，去圆明园义务植树活动的细节。

“最难忘加了许多味精的青菜鸡蛋汤，真鲜。”作为老饕，我不争气地想起的是当年的饭菜，尤其是那道不用饭票的青菜蛋花汤。

当年，那道用青菜鸡蛋做的汤，盛在硕大的钢精桶里，挖了一上午树坑的同学——比如我，最喜欢饭前一碗润嘴，饭后一碗润肠。

生在鱼米之乡的我，过去从来没有吃过青菜蛋花汤。故乡的青菜非常鲜美，不是北方叫油菜的青菜可比的。青菜当然可以用来烧汤，跟豆腐烧汤，跟其他食材搭配烧汤；鸡蛋可以做鸡蛋羹，各式蛋花汤，但 18 岁之前，我从未吃过青菜跟鸡蛋一起烧的汤，家里没做过。

第一次喝到这种做法的青菜蛋花汤，我的印象非常深，感觉真是太好喝了。

这道菜汤食材普通，做法简单，味道鲜美。无非就是将青菜洗净切断，将鸡蛋打开搅匀，淀粉加适量水融化搅匀；开锅后先加入青菜和适量的盐——早加盐能保持下菜色；待青菜色变，倒入淀粉汤勾芡，这芡一定要很稀薄，能挂住蛋花即可，若芡勾重了，就影响了汤味，会感觉像喝淀粉汤；最后再慢慢倒入鸡蛋，待打散的鸡蛋成型后，关火出锅，加些香油，一道热气腾腾的青菜蛋花汤便成了。如果条件好，用高汤，则不加香油亦可。

我不知道这道菜汤是不是北京风味。不过很遗憾，除了那次在圆明园的植树活动外，后来我再也没有喝到过这样给人印象深刻的青菜蛋花汤。学校的食堂没有这道汤；到老乡家里蹭饭，也不会做这样的汤。及至我后来工作，到机关或其他有食堂的单位，也没有这道汤，汤都换成了木耳丝蛋花汤之类——通常芡都会勾重了，现在饭馆则多西红柿蛋

▲青菜蛋花汤

花汤。

作为恋旧的人，我对1985年秋天在圆明园管理处食堂午餐时的那道菜汤的味道，印象深刻，念念不忘不说，还自己亲自做，试图还原当年的味道。

成家后，我执掌自家厨房的时候，曾试着做过多次，有时还会加进西红柿，看起来很好看，青的菜，红的西红柿，浅黄的蛋花，但做完后家人都不喜欢，最后只好我一个人包圆。尤其是姑娘稍大后，我做过几次这道汤，她干脆说：爸爸，以后您能不能不做这个汤了？

但是，即使我自己多次在家做这道青菜蛋花汤，也再没有找到过当年的味道。

我后来总结，当年我喝这道汤的时候，一是挖坑种树，不偷奸耍滑，刚刚劳累了一上午，累且渴，这道汤犹如久旱甘霖；二是，当年做菜，流行放味精，这道汤里一定加了好多味精，所以才非常鲜（我如今做菜，全不放味精之类）；三是过去的青菜鸡蛋，跟今天更大规模的工业化产业化生产的青菜鸡蛋，可能还是有些差距的；四是我过去生活在江南，初遇与熟悉的菜肴不同的做法味道，有新鲜感，以至不仅喜欢，印象尤为深刻。

如今我做不出当年的味道，确实不是我手艺不行，而是时代不同，我的味蕾，也已经被滚滚向前的时代改变了。

青蒜炒咸肠

我家都是下水（指动物的内脏）爱好者，家里烧下水也是一绝。烧肠尤好，无论红烧白煨，豆腐烧肠还是青蒜炒咸肠，都是我家的经典菜。在我看来，都是至味。其中，青蒜炒咸肠，家常普通，然而搭酒下饭，每食必欢，吃着恋恋不舍。

有次家里来了几位熟悉的朋友，弟弟炒了个青蒜咸肠下酒。快出锅时，弟弟在厨房喊了嗓子：老兄，青蒜炒咸肠，要不要尝尝鲜？

我跑过去，青白色的蒜段混杂着一节节长肠，掩映在刚出锅的腾腾热气中。像小时候一样，我迫不及待地用手指拈了一节长肠，扔进嘴里，不停地让滚烫的长肠在舌尖口腔中打转翻滚，腌制过的肠特有的咸香味混杂着新鲜青蒜浓烈的蒜香味，弥漫在口腔中，咀嚼、吞咽，味蕾和肠胃被击中打开，恨不得立即开饭。

不过，我是个理性的资深中年了，知道不能再继续纵容味蕾、肠胃，这点菜经不起我品尝，还要宴客呢。

跟朋友多时未见，喝酒的时候话也多。等我想起来筷子伸向青蒜咸肠时，发现盘里只剩下了青蒜段，咸肠一节都没了。原来都被侄女吃了。她笑着说，你们一直喝酒聊天，也不吃，我以为你们不喜欢嘛。

其实做青蒜炒咸肠的时候，弟弟就跟母亲说，咸肠准备少了，肯定不够吃。

后来母亲又做了几次青蒜炒咸肠，依然是蒜段多咸肠少。不过，因为如今客寓北京，不能经常吃到青蒜咸肠这样的菜，所以父母和兄弟两口子都让着我，无论下酒还是就饭，这道菜我总是吃得最多，从青蒜到咸肠。

每次都吃青蒜炒咸肠，我吃得都挺开心，也都挺惭愧，还兼有遗憾。挺开心是因为好吃爱吃；惭愧的是家人都让着我，每次父母看我犹豫的样子，都会鼓励说，多吃点，喜欢就只管吃；遗憾的是，其实每次并不能吃太多，因为不会烧太多，不过太多了，味蕾也未必能接受。适可而止甚至保持适当的未满足尽兴的欲望最好。

这样一道菜，是地道土菜。过去农村大多数人家会做，尤其过了春节，天开始暖和起来的时候。原因很简单，腌货要发挥承前启后的作用。

青蒜炒咸肠，虽然青蒜多咸肠少，但咸肠却是坐中军大帐的主将，青蒜是围护的偏将。所以，这道菜的好坏，首在咸肠质量。

咸肠属于腌肠一种。腌肠品种丰富，川式、广式、湘式的各种香肠甚至广西贵州少数民族的香肠，都方便携带。但故乡的腌肠却跟腌菜似的，不像其他地方的腌肠熏肠那样可以随身带走。做法也与全国其他地方都不同，除

▲青蒜烧咸肠

了在故乡周边，我几乎没有在其他地方吃到过这样腌制的咸肠：

将买回的猪肠（炒青蒜的一般是长肠，亦即小肠）收拾好。当然收拾很讲究，我父亲当过屠夫，收拾这些东西自然是行家里手——洗肠好坏直接决定了未来肠做出来的味道。父亲说外面的肠总是收拾得“太干净”，就是把肠油全去掉了，也就没啥味道了。收拾好后，放锅里煮一滚，按故乡方言说是“拦一下”，然后捞出再清洗，切小段，再入锅翻炒一下，捞出，这时候的肠已接近熟但没熟透，放凉，然后放瓮头里用盐腌制，放些料酒。这样做的腌肠一个冬天都不会坏。

想吃腌肠的时候，就捞出来一些，洗干净，然后入锅稍一翻炒，即可加入青蒜，加点盐，出锅就是一盘热气腾腾的美味青蒜炒咸肠。精细人家，这咸肠可以支撑到晚春。

这样腌制的咸肠，不像其他地方的风干做法，不适合携带出门，这也许跟江南地方物阜民丰农民轻易不愿背井离乡有关。

至于青蒜咸肠里的青蒜，一般都是自家栽种的，本味，蒜香足。蒜香味遇上咸肠的咸香味，实在是“人作之合”——咸肠的咸鲜加上青蒜的蒜香和新鲜，妙不可言。我觉得最初想到这样搭配的人，实在是了不起。

不过，青蒜炒咸肠必须趁热吃，刚出锅的最佳。故乡天冷，青蒜和肠都存不住热气，稍一耽搁，就凉了，凉了的味道自然要逊色不少。当然，菜凉后，原本色泽鲜艳的青蒜咸肠上会出现一层苍白色，那是猪油的颜色。所以喝酒之人的福气，就是有人在厨房伺弄，菜能趁热上桌下酒，不耽搁才有绝味。

我在其他地方没有吃到过这样的青蒜炒咸肠。这次回家，家里也用川味和广味香肠炒过青蒜，但味道远逊于自家腌制的咸肠炒的。

我在朋友圈晒了这道菜的照片后，我儿时玩伴，如今在无锡工作的兄弟，长叹一声：好久没吃到过了，馋虫一下子就被勾引出来了。

萝卜丝肉馅团子

萝卜丝肉馅团子与菜馅馄饨、咸粥并列，都是我最爱的故乡美食。

我也很喜欢吃青菜肉馅团子，它也是米粉做的，而且馅通常跟馄饨馅一样。但在我的最爱榜上，青菜馅团子显然比不上萝卜丝馅团子。

每年回家过春节，我都特别喜欢吃萝卜丝肉馅团子。如今回家比过去频繁，若是晚秋初冬的时节，母亲总要择机给我做上一顿尝尝。

要论吃的次数，馄饨和咸粥都比不上萝卜丝馅团子。要论吃的个数，单顿的萝卜丝肉馅团子绝对比不上馄饨。毕竟，我现在吃一顿大馄饨，多的时候要有三十只！

尽管我很能吃团子，很想吃团子，但我现在坚决控制在每天早上吃四个。

四个萝卜丝肉馅团子是什么概念？

我在大学当老师时放寒假回家，每天早上吃五个萝卜丝馅团子。我隔壁堂叔看了咋舌：赤佬，念书人还吃五个团子啊，念书又不要花力气，过去壮劳力干活，也只吃五个啊。

过去，除了过年时候，吃团子通常是家里请人干活时早餐才做，主要是给人家吃。第一，团子是本地公认的好东西，光磨米粉就费时费力（最早多靠人磨），吃团子表示对干活的人的重视；第二，长短工吃饱了才能干活，米粉团子黏性大，不易消化，所以也不容易感觉饿，干活的人也就有力气，没有偷懒怠工的理由。这就是和母亲常跟我说的吃咸粥“软饱”对应的硬饱，真饱，实在饱。

所以，堂叔的惊讶，隐含着对我这种手不能提篮肩不能挑担的念书人的暗讽，不干活还挺能吃，简直是浪费。

不干活还挺能吃，在现代社会是有严重后果的。这对我而言，就是腰身愈益粗壮，越来越像水桶，肚子就像八个月的孕妇。

过去都说每逢过年重十斤，把肥胖算在大鱼大肉大酒头上，我最初也一直信以为然。后来回过味来，大鱼大肉大酒固然“罪不容赦”，但我如今平常也是这样，但并没有胖多少，“罪魁祸首”，还是主食的爱，对团子、馄饨和咸粥这类主食的爱，尤其团子。

平常吃团子，是打牙祭，一种有闲的自我犒赏。清明、农历八月廿四和过年做团子，却是乡下旧俗。住在乡下，这个传统估计难改，尤其是有老人和我这样的人的家里。

每年农历的腊月下旬，掸过檐尘之后，家家户户开始进入了做团子的时间，通常是腊月廿六，如今一般提前到腊月二十。过去，做团子也是重要

▲萝卜丝肉馅团子

的社交活动，因为要准备出整个春节每天早上够吃的团子，量大，单靠自家的人手忙不过来，一般会请人帮忙，主要是本村关系亲近的女人，或者女亲戚，非常热闹。如今，过年做的团子少了许多，我以为不会请人帮忙了，问母亲，其实还是要请人帮忙的，都是附近弟弟朋友的夫人们。

过年做的团子，通常有萝卜肉丝馅、豆沙

馅、芝麻馅。萝卜肉丝馅是米粉本色圆锥形，芝麻馅是米粉本色圆形，豆沙馅通常用绿苎麻汁液拌米粉，熟了是青色的，即所谓的“青团”。不过，自我上大学后，我只吃萝卜丝肉馅团子，其他一概不吃，也不知何故。

过去还会做年糕，像玻璃珠大小的无馅小团子，俗称“谢宅子子”，但这些，我家都已不再做了。最后一次做“谢宅子子”，大概是 2013 年冬天吧。当年我在老家湖塘镇上买了一套小房子，过年前家里做了，用在搬家时按旧俗办的进家仪式上。

过年做团子和平常不一样，除了量大品种多，还有一点不同，就是平常都是新做好直接下开水煮，过年则是蒸，不下水。蒸出来的团子，热的时候油光发亮，用水煮熟的则没有这样的特点。就口感而言，大火长时间蒸出来的团子，米粉口感更细腻，像水磨粉而比水磨粉更筋道，水煮熟的团子则仍有典型的米粉扎嘴感——当然不是真扎嘴，而是一种毛糙感，这是米粉本色。

其实两种做法，我都喜欢，各有千秋。

外面用水磨粉做的团子，太过细腻糯软，我只能用它来做备胎，没有自家做的团子时才吃。吃这种团子，聊胜于无。

我一直喜欢我家的萝卜丝肉馅团子，无论是过去祖母、母亲调的馅，还是如今弟弟、弟妹做的，每家的口感都不一样。于我而言，总是自家的最好吃，我至今仍持这种想法。每年春节假期结束，我从故乡回北京，都会带上一兜沉甸甸的萝卜丝肉馅团子。

不过，今年的团子似乎做少了，母亲大概没想到我会在家待这么久。每天早上，我都只吃四个，都强烈克制住要再吃的欲望。即使这样，家里年前蒸的萝卜丝肉馅团子，也早早吃完了，母亲还新给我做了一顿。我要离家北上的时候，母亲应该还会给我做一顿新鲜的水煮萝卜丝肉馅团子。

萝卜丝肉馅团子，我永远的爱。

剩饭之冠：煎馄饨

早上，我又一次吃了煎馄饨。

我爱煎馄饨。在《江南旧闻录》里，我也专门写过煎馄饨。

尽管南方的煎馄饨、北方的煎饺都是美食名吃，但是，在讲究科学卫生的人看来，可能并不以为然。无他，传统的煎馄饨，属于剩饭翻新——现代饮食理念讲究不吃隔夜餐食。

在我的心中，煎馄饨是当之无愧的剩饭之冠。我对煎馄饨的爱，与现代饮食理念无关，只与味蕾记忆以及爱有关。如果人的爱（情感）全部要用科学安全卫生来量化，生活就会毫无乐趣，毫无意义。更何况，吃隔夜饭菜，真的没什么，人没那么娇气。

说煎馄饨是剩饭之冠，首先煎馄饨属于“剩饭”。

小时候家里吃馄饨是盛事，难得吃一次。既然难得吃，总要多做一些。过去没有冰箱，馄饨做多了，一次吃不完，放时间长了，薄皮容易干裂，露

▲煎馄饨

出馅来。生活的经验，让故乡的农民摸索出了办法，把多余的馄饨都煮熟，沥干，存放的时间就可以长一些，不容易坏，第二天可以接着吃。

剩馄饨接着吃，无非就是继续下汤馄饨，或者煎馄饨。在剩馄饨新吃中，煎馄饨更胜一筹。

煎馄饨的做法很简单，跟煎饺子一样，就是将煮熟阴凉的馄饨，放在加了油的热锅里煎，掌握好火候即可。熟煎馄饨简单且快，无非就是通过加热，将薄皮及馅热透而已。

菜馅做米粉团子吃第二顿时，馅会变黄。但是，剩馄饨无论水煮还是油煎，菜馅都不会变色，无非就是馄饨皮薄了。

煎馄饨加油，当然主要是为了防止粘锅。不过，在缺盐少油的时代，油煎馄饨，更是惹人喜欢。所以，当不再为油盐发愁后，农家煎馄饨，放油不再拘谨慎微，可舍得了。在普遍油水还不足的时代，多油的煎馄饨，自然更受人青睐。直到今天，母亲那一辈煎馄饨，依然很舍得放油，尽管饮食风尚已经走向少放油的时代。

故乡灶台上的大铁锅煎馄饨，与小厨房那种平底锅小心翼翼地翻煎完全不同，不仅煎的过程气派豪爽，锅铲贴锅任意翻煎，不容易煎坏，还更好吃。

据说也有生煎馄饨，我只听说过，还没吃过。生煎包倒是常吃。

剩饭新做的食材有很多种，除了煎馄饨，还有蛋炒饭、熻咸粥、泡饭、咸泡饭（菜泡饭）、团子、笃烂面，等等。煎馄饨能够脱颖而出，在我心目中一跃而为冠，其实还是个饮食习惯，因为菜馅馄饨就是我的至爱。回锅的馄饨，农民日积月累的实践证明，油煎的口感确实最佳。

不过，油煎馄饨有一点小小的遗憾，单吃确实香美，但吃多了，容易口干——毕竟油煎的，所以，北方长大的太座爱蘸醋吃，解油腻。今年有次吃煎馄饨，发现母亲竟然也蘸醋，我还好奇了一下。我自己煎饺子喜欢蘸醋，饺子皮厚，馅也不如馄饨肉馅，但馄饨蘸醋，我觉得会破坏馄饨本身的味道。那何以解油腻？故乡最传统的，就是就着很稀的泡饭汤吃——泡饭，也就是剩饭回锅做的稀粥。煎馄饨配稀粥泡饭，绝配。

如今，在江南宾馆酒店提供的早餐中，煎馄饨应该是标配。如果没有，我会对这家酒店的服务质量有犹疑。

当然，酒店早餐有煎馄饨，我想做法大概会和我家做得不太一样，不能算剩饭新做，通常应该是专为做煎馄饨准备的沥干的汤馄饨。

如今我到长三角游荡，住酒店，早餐依然会挑煎馄饨。

朱氏蚂蚁上树

蚂蚁上树是一道家常川菜，用粉丝和肉末为主料，佐以葱花、豆瓣酱、蒜及其他调味品烹制而成。因粉丝如树枝，肉末如蚂蚁，缘枝而上，因而得名。

我曾经很爱吃蚂蚁上树，如今很少吃了。最近一次吃到的蚂蚁上树，大概是不到四年前在安徽凤阳，其实是牛肉末炒粉丝，比蚂蚁上树多了些汤汁，色泽红润，粉丝油亮，筋道中带着柔软，味道极赞。当然，当地菜名似乎不叫蚂蚁上树。我曾经热爱的北京路边小川菜馆的蚂蚁上树，已经难以吊起我的胃口了。也许是我的口味要求高了，也许是如今菜馆的蚂蚁上树，真的不如以前了。毕竟好粉丝很少了——我自己在北京超市买的粉丝，大多加太多胶，煮很久都不软烂，几乎每买必扔；再加上认真做菜的好厨师小馆里少见，多习以为常应付性地做，而餐馆老板对利润的追求似也比过去更强烈，毕竟这样一道家常菜，虽说简单，但卖不出价钱来。

没想到，今春宅在江南的时候，我竟然吃了几顿蚂蚁上树。不过，既非四川也非帝京路边小馆的川味蚂蚁上树，也非凤阳式的蚂蚁上树，而是“朱氏蚂蚁上树”——老朱家自己做的。

蚂蚁上树的主料，无非是粉丝、肉末，但我们朱氏蚂蚁上树，虽然加了肉末（方言肉龙松），但加的非常少，几乎看不见，我摘了眼镜也没看见几粒，趴在粉丝树上的，不是肉蚂蚁，而是鸡蛋，所以我把这道菜列入素菜系列。

弟妹说她做朱氏蚂蚁上树，其实很简单，无非就是粉丝炒鸡蛋嘛。做饭前提前把粉丝浸泡好，泡软了才能炒好，何况家里有老人。然后将肉龙松简单过油，鸡蛋炒好，倒入粉丝，翻炒，加盐，出锅前滴上几滴生抽，然后撒上一把青蒜末，翻炒几下，出锅。

没那么复杂，但却鲜香入味，黄的绿的透着暗红的白，色泽也干净明快。

这道朱氏蚂蚁上树，趁热吃口感最佳。搭酒时跟弟弟聊这道菜，弟弟说用荤油炒最好，更香。不过，用荤油炒，更得抓紧吃完了。弟妹用素油炒的，也是相当不错。

与北方无论是川味还是徽味的蚂蚁上树相比，朱氏蚂蚁上树，有几点明显不同。

此前弟弟做的朱氏蚂蚁上树，没滴酱油，色泽显得有些苍白，虽然有青蒜末和鸡蛋色的鲜艳，依然遮掩不住苍白。弟妹滴了稍许生抽以及加了青蒜末的朱氏蚂蚁上树，刚出锅时的色泽简单却丰富，更富有生机。

但是，相比川味和徽味，它们的油光红亮，是通体的，是满盘的，虽然

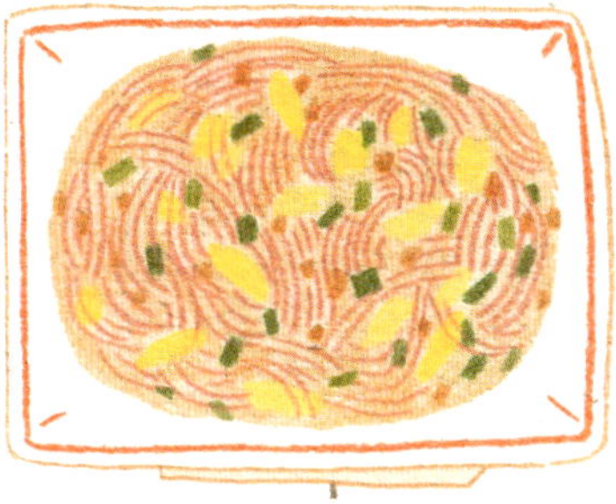

▲朱氏蚂蚁上树

也放了些红椒末绿葱花，却几乎显不出来，一看就是重口味，调味佐料足。

当然，南方做菜，只有荤菜红烧，才讲究浓油赤酱，色泽红亮。所以，弟妹的滴稍许生抽的做法，相当于白皙女子脸上出现了一抹腮红，而川味徽味，直接就是一张红扑扑的脸蛋扑眼而来。

至于哪种更好吃，那要看个人口味，所谓萝卜青菜，各有所爱吧。作为口味已经被久居北地云游四方的经历改造了的我，两种做法都喜欢。

朱氏蚂蚁上树，更像南方炒出来的粉丝，易烂、寸断，也易粘连一起。不像川味徽味，都是扯不断的整根粉丝，尤其是川味的蚂蚁上树，常有些硬，在我家，口感硬的粉丝除了我，估计是没人喜欢吃的，尤其老人。我一开始以为泡久了的缘故，后来一聊，发现不是。弟弟说，这才是什么都没添加的粉丝呢，容易熟。

其实，蚂蚁上树要做好，首先得粉丝好。

如今要在市场上能买到好粉丝，确实得靠运气，不能看品牌。我从小喜欢吃粉丝粉条——过去家里种了红薯都做，俗称“刨索粉”，师傅是我堂姑父。之前在凤阳吃完凤阳式蚂蚁上树及牛肉粉后，觉得当地的粉丝很好，写了篇关于凤阳粉丝的文章，凤阳的朋友读到，给我快递了不少凤阳粉丝，那是我这些年吃到的最好的粉丝。有时秋天过境故乡，母亲会让我带些粉丝回家，说是弟弟的朋友送的红薯粉，很好。后来弟妹又往北京给我们寄了些，确实不错，明显与加胶的粉丝不同。

有好粉丝，才能做出好的蚂蚁上树来，无论是川味，还是徽味，或者朱氏招牌的。

当然，还有一个不同，这是最明显的地域差异，就是川味徽味的蚂蚁上树，都带着辣味；朱氏招牌，自然是江南特色，不带一丝辣味。

小时候我似乎没有吃过这样的一道无论是粉丝炒鸡蛋还是炒肉末的菜。想来也是与时俱进的创新菜吧。

肉圆，家味依然

如果说，青菜是故乡武进冬日味道的底色，那么，我家的特色味道中，肉圆子一定可以位居前列。

每年春节回家，有一道地道土菜，我总是很喜欢——肉圆子。我是家里吃肉圆的主力，常常配一碗米饭可以吃五粒肉圆。虽然过节家里总会做不少肉圆，但因为今年我每顿饭都蜗居在家，自然做多少也不够我这样吃的，很快，家里的肉圆就告罄了。

肉圆有很多种，最著名的是扬州的狮子头、蟹粉狮子头，川菜里也有肉丸，北方也有。最可笑的是一些地方的肉圆，竟然用油炸了做，完全破坏了肉的鲜味，所谓暴殄天物，莫过于此。

肉圆的历史源远流长，不知起于何时。袁枚的《随园食单》中所记“杨公团”，应该是肉圆的升级改进版：

杨明府作肉圆大如茶杯，细腻绝伦。汤尤鲜洁，入口如酥。大概去筋去节，斩之极细，肥瘦各半，用纤合匀。

我无法确定袁枚时代的茶杯口有多大，若今日般，那就是扬州狮子头大小了。

年前在美食专栏作家沈先生的朋友圈中看到他提及扬州狮子头的做法，说肉馅搅拌均匀后，要找一个大碗，用手抓着肉馅不停地摔在碗中，一个肉圆要摔 50 次左右。据说这样的肉圆不易变形，不会散，吃起来也更有层次感。

我吃过很多种肉圆，不知道自己有没有吃过这种摔了 50 次左右的狮子头，但没有一家的肉圆，比得上我家自己做得好吃。

我家肉圆的做法极其简单：买回猪肉，最好是五花肉，肥瘦相间。我小时候家贫，过年做肉圆，常用猪颈肉，亦即紧挨这猪头的那刀肉，肥多瘦少，但便宜。

做肉圆时，先将肉剁碎，俗称“斩圆子”，过去多是用手工剁，切条，然后在刀板上剁，一边剁一边加米酒。加米酒，过去多为防止肉粘腻菜刀，但客观上，也起到了去腥增鲜的作用——米酒是烧荤菜去腥增鲜的至宝。

斩圆子是个辛苦活。最精彩的斩圆子的描述是《水浒传》里智勇双全的鲁提辖要找镇关西郑屠麻烦时，几份肉馅，就把那么强悍的郑屠消遣得气疯了，可见斩肉圆的辛苦。我小时候常常愿意抢着斩圆子，不过没几下，胳膊酸疼就放弃了，虽然我也学会了双刀斩圆子。

要想肉圆好吃，如袁枚所说“细腻绝伦”，斩圆子才是基础。当然，摔肉馅可能也是一种方法，别人的改进版。

后来条件改善，许多人家不愿意用刀剁了，改为用摇肉机摇，也是一边加肉一边加料酒，但摇肉机摇出的肉馅，显然无法跟双刀剁出的口感相提并论。

斩好的肉馅，还要加稍许盐、蛋清和料酒，用手或筷子抓拿搅拌，这个过程，其实是类似扬州狮子头摔肉馅的做法，拌出肉馅的咬力韧性来，然后根据各家偏好，做成大小不一的肉圆子。有的圆子大如扬州狮子头，吃起来要分着吃，好费劲；我家的肉圆子，每个大小都如墨水瓶盖大小。在我的饕餮生涯里，我从来认为这样的大小才是标准的，没有大如狮子头的那种强迫性。

过去做肉圆只是以猪肉为料，食材比较单一，即如《随园食单》所记也是如此。后来条件好了，口味刁了，许多地方做肉圆多喜欢加料，比如蟹粉、荸荠之类，这些算是上品，至于北方，甚至喜欢加淀粉或面粉！

一些地方做肉圆喜欢放剁碎的姜末。我不喜欢。姜末固然去腥，但味冲，串味，喧宾夺主，加了姜的肉圆子吃起来就非常无趣。我家做肉圆子就是放米酒，剁馅时放，调馅时放，米酒味道加上肉味，一煮，这才是我最喜欢的家里的肉圆子味道。

很多地方做肉圆子时喜欢油炸，对油炸过的肉类——无论是猪牛羊鸡鸭鱼肉，我个人口味一律排斥。油炸过的肉，不会再有肉味。

我小时候祖母做肉圆，通常有三种做法：凉水煮、蒸和烘。凉水煮最常

▲肉圆

见，今年家里弟妹做的肉圆也是凉水煮的。过去边煮边捞放在一个瓮头里，再适当加点汤存储，稍一凉，瓮头里就薄薄结了一层白色的油，掘开，下面是暗红褐色的凝固的汤汁。这样瓮头里存储的肉圆子，因为冬日天凉，可以支撑一个春节。

今年回家第一顿饭，我一尝肉圆子，熟悉的肉香味和酒香味扑鼻而来，这是我家肉圆子的味道，我在故乡的饭店、在朋友家吃到这样的味道。那次我跟沈宏非说过，肉圆子的至味秘密，来自米酒之香。不管别人认不认，我就是这样坚持。

不过，我随即批评今年的肉圆子跟往年比，做得不够好——肉圆做得太紧太涩，不细腻柔滑。父亲说肥肉少了才这样。弟妹说买的是五花肉和前胛肉，现在的五花肉肥的也少，前胛肉肥瘦分开的，确实是肥肉少了。当然，还有一个原因，现在的肉馅都是在镇上绞好了买回家，不再是自己费力“斩剁”好的。

家里的肉圆，可以单独炖、蒸，也可以和猪蹄等一起炖，可以烧粉丝汤，可以和青菜一起烧，无论哪一种，都是我的至爱。即使是我批评今年的肉圆口感有些紧，它依然是我吃到的最好的肉圆，胜过万千圣手大师的杰作。

因为这是我家做的肉圆。

肉骨头咸粥

宅家的日子，母亲已经烧了两次咸粥。在我离家返京之前，应该还会烧一次。为烧咸粥准备的肉骨头在第二次烧咸粥的时候，就预先准备了。

咸粥的学名叫腊八粥。与全国大多数地方的腊八粥甜口不同，故乡乡村无论是腊八烧的菜粥，还是冬日其他时候烧的菜粥，都是咸的，故称咸粥。对于饮食习惯以甜口著称的故乡来说，这是一个罕见的例外传统。

咸粥是我最喜欢的故乡传统主食之一，与菜馅馄饨、萝卜丝肉馅团子并列前三，三种我都写过不止一篇文章，每次写，总觉得还有许多话想说。如果非要分哪样最喜欢，我过去说过，咸粥第二，但如今实在有点难分伯仲。只有一点，咸粥通常只是在冬日才吃。只有冬天的咸粥，才真正让我怀想。

我小时候，寒风凛冽的冬日，祖母早早收拾好烧咸粥的菜料，淘好米沥着，腌过的肉骨头要将上面的盐粒清洗掉（过去的骨头上是没什么肉的，取味而已），青菜芋头萝卜要洗干净，蚕豆黄豆红豆要浸泡，还有山芋干及红枣。吃完早饭，收拾好厨房，祖母就会将这些一起倒进大铁锅，加足够的水煮上。锅开后，厨房里热气腾腾，咸粥特有的肉香混着菜香味迅速充溢在空气中，飘到屋内院中。即使在今年春节烧咸粥时，我都会特意跑出书房，站在院子里闻这独特的咸香味。这种香味只属于咸粥，是烧咸粥特有的香味。冬日经过村庄，只要一闻到这种香味，就知道有人家开荤烧肉骨头咸粥了。

咸粥锅开后还得继续烧，故乡话为“笃着”，也即保持开锅而不溢状。这样烧出来的咸粥酽酽的，最适合没牙的老人。

想想，中午吃午饭时，每人端着这样一大碗热气腾腾的咸粥，一边吹气，一边嘘溜着喝粥吐壳（蚕豆壳或芋头皮），该有多温暖！冬日故乡，没有任何菜肴主食的温暖能和咸粥相提并论。尤其在阴雨冬雪天，更是吃咸粥的好日子，跟围炉火锅异曲同工。小时候的冬天，我们总是喜欢缠着祖母，要求烧咸粥。虽然咸粥看起来

▲肉骨头咸粥

经济实惠，但得有腌好的肉骨头烧，才味道足。我小时候，腌好的肉骨头，除了杀了年猪后，平常多罕见啊。

北京当然也可以熬咸粥，但是北京现代化的那种厨房炊具，怎么能熬出铁锅柴火灶的味道来？北京的常州宾馆每年腊八都熬咸粥，招呼老乡品尝，情深义重，但味道总觉不足。乡友老宋夫妻俩都是故乡人，热情邀请我到他家吃咸粥。他说他老母亲在北京熬的咸粥，就是故乡的味道。我很想去，但至今没敢去打扰。

我们家过去的传统，最喜欢吃咸粥的，其实是祖母、母亲和我。祖父、父亲和弟弟过去对咸粥的爱，不如我们这一派深。我们这一派，一直掌握着厨房的话事权，祖父和父亲过去从不下厨，顶多过年做团子时祖父会帮忙烧火，所以，吃什么都是祖母和母亲说了算。1985 年后我去往异乡求学工作，每年春节回家探亲，祖母和母亲都会专门熬一次咸粥，因为她们都知道我爱吃。尤其这些年，我每次春节回家，尽管在家时间短暂，在家吃饭也少，母亲总会想法安排，烧上两顿咸粥给我吃。但凡家里烧咸粥，我总要提前安排，将朋友们的酒局调剂开。

不过，这些年，父亲和弟弟也喜欢吃咸粥了。我吃咸粥也就心里更坦然了。

年初三，天阴冷，母亲一大早就烧上了一锅肉骨头咸粥，肉骨头还是去年 11 月份肉价没有那么贵时买了腌的，菜有青菜、萝卜，还有芋头、红枣。中午，我拿了家里最大的碗，盛汤的那种，盛了一大碗，后又添加了小半碗，啃了三块咸骨头。吃完，我拍拍肚子，叹了一口气。其实我还想接着吃。但考虑到家里的门框，怕胖子挤不过去，只好作罢。

而母亲，总还是像看着小孩一样对我说：再吃点，没事，咸粥是软饱，别看现在吃得多，一会儿就消化了，不会撑的。

这样的话，我从小时候一直听到了五十多岁。

有一日见弟弟将家里剩下的咸排骨炖了萝卜，我遗憾地念叨了句：哎，这咸骨头要是留着烧咸粥该多好。也是我多嘴。弟弟立即吩咐弟妹，明天去买些骨头回来，先腌上两天，再烧咸粥。第二天，弟妹就去镇上买了骨头回来腌上了。当然，这个春节，加上疫情的恐慌，这个骨头的价格自然更贵。

咸粥虽然名为咸粥，但通常是不放盐的。咸味主要借助腌骨头的味道。母亲说，这次烧咸粥，新鲜腌排骨时间太短，味道不足，还不够咸，她破例在粥里放了些盐，骨头少放了几块。“多腌几天，过几天再烧一次咸粥。”

在冬天，母亲熬的咸粥，我永远吃不厌。

㸆咸粥

正月初三中午家里烧了咸粥，正月初四早上自然就会吃㸆咸粥了。

所谓㸆咸粥，就是将头天吃剩的咸粥，回锅再煮热食用，即为——㸆咸粥。

不过，㸆咸粥的时候，还是要稍微加些水的，以免干锅。咸粥本身已经烧得酽稠，盛出来放饭盆里的剩粥，也没什么水分了，回锅不加水是要烧煳的。

㸆咸粥是方言说法。我也写过㸆咸粥的文章，《三烤咸粥四烤面之江南的烤咸粥》。过去我都写成“烤”，借音，后来我前黄中学的师弟、毕业于复旦中文系的陶峰，因对吴方言有研究，建议我用“㸆”字，说这字跟我们的习惯说法更接近。从善如流，于是每次谈到㸆咸粥，我就用“㸆”字。

我很喜欢㸆咸粥。这种喜欢，不只是因着对咸粥的喜欢而来的爱屋及乌，而是㸆咸粥真的很好吃。尤其是第一顿㸆咸粥，最为鲜美香酽。

怎么粥回锅还不止一顿？当然，经常不止一顿。过去第一次熣完，又剩了，还得熣第二次，越熣越稀时，常常需要放其他食材充填。我小时候，咸粥熣到最后，差不多清汤寡水了，全靠过年前做的团子、谢宅子子（一种巨峰葡萄大小的无馅小团子），或者年糕片充填，不是过年的时候，则会临时做些没馅的瘪死团子放在熣咸粥锅里。

这样做，当然是为了省事和节约，一点都舍不得浪费，这也是“三熣咸粥”这个说法的由来。

这个春节在家吃过两顿咸粥，所以熣咸粥就不止吃了一次。当然，我家这次熣咸粥，不是每次吃剩的重复熣，而是每次熣咸粥时，都只放适量的，所以，每顿的熣咸粥，都相当于第一次熣。

吃熣咸粥时，放些切碎的新鲜青蒜，是我家的传统，也是我非常喜欢的食用方法。青蒜的香味，能让本已鲜掉人眉毛的熣咸粥的味道更加丰富。说来也奇怪，白粥之类放切碎的青蒜，就完全不是那么回事了。

腊月廿一吃的熣咸粥，母亲放了几个年前做的萝卜丝馅团子。味道当然很好。不过于我而言，萝卜丝肉馅团子放熣咸粥里，属于重床叠架，浪费了，因为两样单独吃味道都很好。腊月廿八早上的熣咸粥，母亲用米粉做了瘪死团子放在咸粥里。瘪死团子是熣咸粥的生力军，加在回锅的咸粥里，真是绝配，比用面粉做的面疙瘩味道要好许多。毕竟，瘪死团子是用米粉做的，跟咸粥同宗，血缘上更相配相合。

然而熣咸粥好吃，最好吃的是咸粥熣出来的“锅笃头”。所谓“锅笃头”，其实就是锅巴。不过，熣咸粥锅里的锅巴不硬，一般有些微黄。我一直认为，锅笃头才是熇咸粥的灵魂！没有锅笃头的熇咸粥，就是普通美食而已。很可惜，家里这两次熇咸粥，都没有锅笃头。

不过，虽然没有锅笃头，我依然爱得如痴如醉。每次吃总是用家里最大的碗，且一碗总是不够，吃了还想吃，就像肚子里有永不满足的馋虫。

单纯的熇咸粥属于“软饱”，吃得再多也撑不着，这是真的。但是，加了瘪死团子，那就属于“硬饱”了。不能吃太多，米粉团子不易消化。

熇咸粥是故乡剩饭再利用的杰出代表，能够与它相提并论的，在我眼中只有煎馄饨和加了青蒜末的蛋炒饭，至于乡谚与它并列相提的笃烂面（三熇咸粥四熇面），我就感觉一般了。

化腐朽为神奇，江南乡村的祖母母亲们，都有一双圣手。

日常的猪蹄，除夕的耙财菜

旧年小年夜的时候，我在江南给留在帝京的太座打了个电话，叮嘱她让她当大厨的哥哥给找两个猪蹄烧了："记得要找猪前蹄啊。你开店做生意，大年夜要吃块猪前蹄，前蹄是耙财菜，吃了生意兴隆，让你哥嫂也吃点。"

我一个无神论者这样交代不在身边的太座。

除夕的年夜饭，从我有记忆起，无论贫富，我家桌上都有道雷打不动菜——猪蹄。现在是凉荤的猪蹄，过去还通常有碗猪蹄与肉圆、猪皮混烧的肉菜。

除夕年夜饭饭桌上的猪蹄，在江南故乡，另有一个俗称——"耙（扒）财菜"。这菜名的意思是说年三十吃了猪蹄，新的一年种田的丰收，做买卖的生意兴隆，这是旧时乡下人一年的自我期待，是他们的梦想。自太座开了茶叶店后，每年春节下江南，年夜饭饭桌上先是父母后来是我，都会叮嘱太座最少要吃一块猪蹄，"猪蹄是耙财菜，你开店做生意，吃了猪蹄，生意

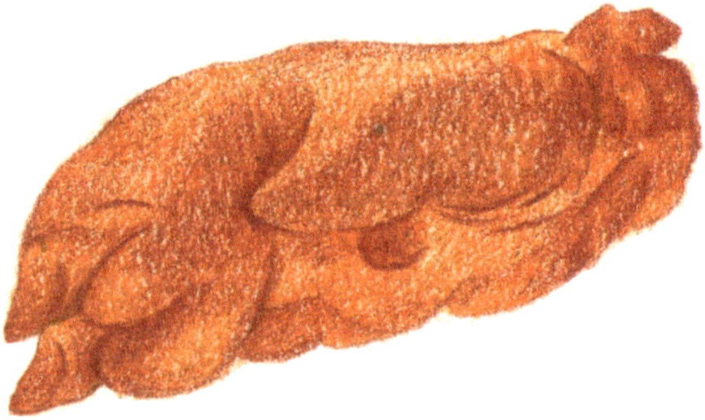

▲猪蹄　耙财菜

兴隆”。

太座勉为其难，默默接受规劝。她原来对猪肉兴趣不大，很少吃，嫁了我之后才随了些我的习惯。猪蹄是耙财菜，对于自小在北京长大的太座来说，也就是嫁了我后才知道有这种奇特的说法。

但不是所有的猪蹄都可以成为耙财菜。

作为耙财菜的猪蹄，必得是猪的前蹄。猪有四蹄，只有前蹄才往后刨，往后刨，加上其蹄有脚趾，与故乡一种农具“爪篱”形意相似——爪篱是把地上的柴草往身边搂的一种工具；还有一种翻地用的铁耙，形意也近。所以，只有猪前蹄做成的菜才能称为“耙财菜”。鸡爪不能成为耙财菜，原因很简单，鸡往后刨，寓意散财，不吉利，不能用猪后蹄的原因也在此。

过去许多人只知道猪蹄是除夕年夜饭的耙财菜，不知道还有前后蹄之分。现在不懂得人更多了，连耙财菜都未必知道了。这是旧俗传承过程中的信息递减。

父亲干过屠夫的活，杀猪是一把好手，自然熟悉猪身上的每一部位。他老人家特别告诉我，耙财菜必须是前蹄，“请利如”过去都要用猪的左前蹄，猪蹄中左前蹄最为有力，也就是说耙财搂财最擅长。

猪蹄中是否左前蹄最有力我不知道，我选择相信父亲的话。但父亲乃至祖父，他们代际相传吃耙财菜，我家却也没发过财——就像所有吉祥如意的话语一样，耙财菜不过是讨口彩，是农耕时代农民代际相传自我鼓励的生活信念。

猪前蹄作为耙财菜，也只有在除夕年夜饭饭桌上才是，属于一夜之菜。只有这个时候，耙财菜才被全家景仰，这是对旧年的总结，也有对新年许下的愿景。年夜饭一过，猪蹄就显回了原形，成为了一道普通的美味。

过去人们喜欢吃猪蹄，是因为本身没得吃，只要是肉，都喜欢。平常买菜做饭，普通人买猪蹄少，是因为猪蹄肉少骨头多，不合算。再后来，因为猪蹄皮多，胶原蛋白多，据说吃了美容，许多女性开始喜欢啃猪蹄了。

我爱吃猪蹄，无论前蹄后蹄；也无论是否是年三十的耙财菜，还是平常烧的猪蹄；无论是红烧还是白煨，也无论是酱猪蹄还是腌的咸猪蹄。只要是猪蹄，烧好了我都喜欢，搭酒下饭，甚至无事时手拿一个猪蹄啃着。

在北京的日子，有时大舅哥炖了猪蹄给我家送两个来，我总是就着啤酒啃猪蹄，省了做饭。

故乡春节时过去每家都会做的炖猪蹄肉圆——这是旧时过年的大菜硬菜，猪蹄骨多肉少，盛碗里显得多，用故乡方言说，叫“横横搁搁”——至今仍是我的爱。这让许多朋友很惊讶，我怎么至今仍爱这些在他们看来太过油腻的菜肴。

无他，童年味蕾的记忆，永远不骗人。

这次过年，在年三十那晚上我吃了两块猪前蹄，作为耙财菜，母亲说，儿媳妇没回来，她做生意，你多吃一块，就算代她吃的吧。新年的时候，弟弟把剩下的腌过的猪蹄，和排骨一起，侉炖了一次自家种的萝卜。

我再也没有吃过其他方法烧的猪蹄，传统的猪蹄肉圆猪皮更是没见过，我家这两年都没做了。

今年，肉价很贵，能吃肉，也是家里有底子舍得才行。

更不用说骨头多肉少的猪蹄了。

图书在版编目（CIP）数据

人民的饮食 / 朱学东著. -- 北京：中国工人出版社，2021.3
ISBN 978-7-5008-7624-3

Ⅰ. ①人… Ⅱ. ①朱… Ⅲ. ①散文集—中国—当代 Ⅳ. ①I267

中国版本图书馆CIP数据核字（2021）第038448号

人民的饮食

出 版 人 王娇萍
责任编辑 董 虹
责任印制 黄 丽
出版发行 中国工人出版社
地　　址 北京市东城区鼓楼外大街45号　邮编：100120
网　　址 http://www.wp-china.com
电　　话 （010）62005043（总编室）　（010）62005039（印制管理中心）
（010）62004005（万川文化项目组）
发行热线 （010）62005996　82029051
经　　销 各地书店
印　　刷 北京盛通印刷股份有限公司
开　　本 710毫米×1000毫米　1/16
印　　张 19.5
字　　数 220千字
版　　次 2021年6月第1版　2021年8月第2次印刷
定　　价 76.00元

本书如有破损、缺页、装订错误，请与本社印制管理中心联系更换
版权所有 侵权必究